CARTAS

CARTAS
LETTRES

ILUMI//URAS

2004

Livro **Cartas / Lettres**

Desenhos de **Alfredo Aquino**
Contos-cartas de **Ignácio de Loyola Brandão**
Poemas de **Mariana Ianelli**

Textos de Apresentação
Jean-Yves Mérian
Paula Ramos
Versões para o francês
Jean-Yves Mérian (Université de Rennes 2)
Flávia Nascimento (Université de Rennes 2)
Editoração eletrônica
Samanta Paleari
Reproduções Fotográficas dos Desenhos
Pierre Yves Refalo
Fotografias-retratos dos artistas
Itaci (Alfredo Aquino)
André Brandão (Ignácio de Loyola Brandão)
Pré-impressão em CTP e Impressão
Trindade Indústria Gráfica
Editora
Iluminuras

Financiamento
FUMPROARTE
Secretaria Municipal da Cultura - Porto Alegre
Prefeitura de Porto Alegre

Dados Internacionais de Catalogação na Publicacão (CIP)
(Câmara Brasileira do Livro, SP, Brasil)

Cartas / Lettres / desenhos/dessins Alfredo Aquino;
contos/contes Ignácio de Loyola Brandão;
(poemas de Mariana Ianelli; versões para o
francês Jean-Yves Mérian, Flavia Nascimento).
São Paulo: Iluminuras;
Porto Alegre: FUMPROARTE, 2004

1. Cartas brasileiras 2. Contos brasileiros
3. Crítica de arte 4. Desenhos 5. Poesia brasileira
I. Aquino, Alfredo. II. Brandão, Ignácio de Loyola.
III. Ianelli, Mariana. IV. Título: Lettres.

---

04 - 7235   CDD: 700.981

Índices para catálogo sistemático

1. Livro de arte: obras artísticas e literárias:
Brasil   700981

2 0 0 4
Editora Iluminuras Ltda.
Rua Oscar Freire, 1233 CEP 01426-001
São Paulo SP Brasil
Fone: (11) 30 68 94 33 Fax: (11) 30 82 53 17
iluminur@iluminuras.com.br
www.iluminuras.com.br

Apoio Cultural

Financiamento

Prefeitura de Porto Alegre

CARTAS
LETTRES

desenhos **ALFREDO AQUINO** *dessins*
contos **IGNÁCIO DE LOYOLA BRANDÃO** *contes*

ILUMINURAS
2 0 0 4

SUMÁRIO

SOMMAIRE

Les dessins d'Alfredo Aquino intitulés "Lettres" ont été réalisés entre 2002 et 2004, en divers formats, à l'encre de chine, lavis, plumes de calligraphie et grattoirs, sur du papier Montval 300gr pour aquarelle.

Há em cada leitor um *voyeur*

Uma coletânea de cartas de Ignácio de Loyola Brandão, cartas inventadas, recolhidas ou imaginadas ou sugeridas pelos desenhos de Alfredo Aquino, sem relação entre si, mergulham o leitor num mundo desestruturado, que perdeu seus pontos de referência. O leitor é *voyeur* e cúmplice. As cartas são o veículo ilusório de uma comunicação impossível entre seres que arrastam uma existência desprovida de sentido, sem finalidade, num mundo absurdo. Pouco importa quem está atrás dessas cartas. A soma das frustrações e das experiências de cada um dos autores, como através de um processo impressionista, traça da humanidade um quadro particularmente sombrio.

Ignácio de Loyola Brandão dirige um olhar ao mesmo tempo desiludido e irônico sobre uma sociedade desprovida de pontos de referência, na qual os valores mais sagrados, o amor, a fidelidade, a confiança, a esperança, foram abolidos.

A vida não passa de uma encenação grotesca na qual cada um desempenha um papel sem expressão, na qual as futilidades substituem as certezas e onde a linguagem perdeu seu sentido.

A solidão existencial, a incompreensão entre os seres, a dificuldade em comunicar são magistralmente descritas em *Palavras Exaustas*. Uma desconstrução é, sem dúvida, necessária para encontrar uma comunicação mais autêntica a partir de novas palavras e conceitos, mas a tarefa e todo esforço são vãos.

O humor negro de Ignácio de Loyola Brandão, sua ironia igualmente, são o único meio de ultrapassar o desespero das situações num mundo desprovido de transcendência.

A vida e a morte, na verdade, são o mesmo. O Além é objeto de deboche. Iconoclasta quando se refere aos símbolos religiosos mais sagrados, o autor trata com total desrespeito a questão do Juízo Final, assim como a relação do homem em relação a Deus. Mas será que Deus existe? Os indivíduos não pensam em nenhuma vida eterna posto que ocupados estão em tarefas sem interesse, empenhados em ganhar dinheiro: destino materialista e ao mesmo tempo, insignificante.

A cidade, a sociedade, os homens, não têm outra saída além de uma morte anunciada num universo invadido pelo lixo produzido por um sistema capitalista e materialista desprovido de sentido e que os indivíduos já não controlam.

Ignácio de Loyola Brandão apresenta com um hiperealismo que lembra os quadros de Bacon, os episódios crus da autopsia imaginada por um dos autores das cartas, mas é para melhor levar o leitor a um universo onde o fantástico é rei.

La vida es sueño escreveu o grande autor barroco do século de ouro espanhol, Calderón de la Barca. É a sensação dominante que sente o leitor destas cartas tão fantásticas quanto hiperealistas. Felizmente o humor do escritor nos faz acordar desse pesadelo, mesmo se o sorriso é amarelo.

Jean-Yves Mérian

Il y a en chaque lecteur un voyeur

Le recueil d'Ignácio de Loyola Brandão, lettres inventées, recueillies, imaginées ou suggérées par les dessins d'Alfredo Aquino, sans lien véritable entre elles, plongent le lecteur dans un monde déstructuré, qui a perdu ses repères. Le lecteur et voyeur est complice. Mais les lettres sont le véhicule illusoire d'une communication impossible entre des êtres qui traînent une existence dénouée de sens, sans but, dans un monde absurde.

Peu importe qui se cache derrière ces lettres. La somme des expériences et frustrations de chacun des auteurs, comme par un procédé impressionniste, dresse de l'humanité un tableau particulièrement sombre. Ignácio de Loyola Brandão porte un regard à la fois désabusé et ironique sur une société sans repère où les valeurs les plus sacrées, l'amour, la fidélité, la confiance, l'espoir, sont abolies.

La vie n'est plus qu'un théâtre grotesque où chacun joue un rôle dérisoire, où les futilités tiennent lieu de certitudes, et où le langage a perdu son sens. La solitude existentielle, l'incompréhension entre les êtres, la difficulté à communiquer, sont magistralement décrites dans Paroles Épuisées. La déconstruction est sans doute nécessaire pour rechercher une communication plus authentique à partir de mots nouveaux et de nouveaux concepts. Mais cette tâche est impossible à réaliser.

L'humour noir d'Ignácio de Loyola Brandão, son ironie aussi, sont les seules façons de dépasser le désespoir des situations dans un monde sans transcendance. La vie et la mort, en effet, se valent et le au-delà est objet de dérision.

Iconoclaste, lorsqu'il se réfère aux symboles religieux les plus sacrés, l'auteur traite avec un irrespect total la question du Jugement Dernier, le rapport de l'homme à Dieu. Mais Dieu existe-t-il? Et les hommes pensent-ils à une vie éternelle? Ils sont trop occupés à des tâches sans intérêt, affairés à gagner de l'argent: destin matérialiste et dérisoire à la fois.

La ville, la société, les hommes, n'ont d'autre issue qu'une mort annoncée dans un univers envahi par les ordures, produites par un système capitaliste dénoué de sens et que les individus ne contrôlent plus. Ignácio de Loyola Brandão présente avec un hyper réalisme qui fait penser aux tableaux de Bacon, les épisodes crus de l'autopsie imaginée par l'un des auteurs de lettres mais c'est pour mieux amener le lecteur dans un univers où le fantastique est roi.

La vida es sueño, écrivit le grand auteur baroque du siècle d'or espagnol, Calderón de la Barca. C'est la sensation dominante qu'éprouve le lecteur de ces lettres à la fois fantastiques et hyper réalistes. Heureusement l'humour de l'écrivain nous réveille du cauchemar, même si c'est avec un rire jaune.

Jean-Yves Mérian

Tênue Diálogo

Há tempos Alfredo Aquino vem se dedicando ao que chama de Cartas. Carta é o nome da grande maioria de suas pinturas e desenhos recentes. Carta, simplesmente. Etimologicamente, essa palavra vem de charta, expressão latinizada do grego *khártés*. Seu sentido primordial está relacionado à idéia de uma folha de papel, antigamente feita a partir da entrecasca do papiro e utilizada para escrever. São vários os tipos de cartas e suas aplicações: há as manuscritas, de trânsito, de alforria, de crédito, de fiança, de baralho, as cartas fora do baralho. Há as cartas precatórias, rogatórias, patentes, testamentárias, as cartas magnas. Há as cartas de reconhecimento, topográficas, geográficas, celestes, as cartas de marear, também chamadas de portulanas. Descritivas, narrativas, confessionais... em seus mais distintos formatos, a carta constitui um suporte para a comunicação, uma possibilidade de estabelecer uma troca entre aquele que a escreve, desenha e concebe e aquele que a recebe, vê e interpreta.

O fascínio representado por uma carta reside muito na surpresa, na expectativa e na possibilidade iminente da descoberta de algo. E embora, devido aos meios digitais, o homem esteja se dedicando a escrever com maior freqüência, a carta concreta, sobretudo a manuscrita, inspira uma relação bastante diversa da que estabelecemos com as mensagens eletrônicas. Nas primeiras geralmente sentimos um conjunto de sensações e percepções aflorar a partir das observações aparentemente mais banais, como a caligrafia do emissário, a caneta e a força empreendida no momento da escritura, o papel utilizado, a forma de dobrá-lo. Ainda podemos supor, por meio dessa palpável e por vezes aromática carta, as possíveis condições de escritura: a pressa, o cansaço, o desejo, a tristeza, a alegria, o descaso, a euforia, o vagar. Cartas efetivamente dizem muito. Quantas vezes não nos surpreendemos com a letra de normalista ou, ao contrário, com as palavras garranchentas, de um querido amigo? Uma grafia que desconhecíamos, homogeneizada pelo teclado de um computador. De fato, o mais singelo envelope no fundo da caixinha de correio já nos comove, com seu selo simples ou rebuscado, trazendo a data de postagem estampada, borrada, a cola em excesso lacrando as margens... Numa época em que escrever cartas, sobretudo de próprio punho, envolve uma profunda dedicação e carinho, recebê-las, então, é uma celebração.

É a esse ofício, escrever cartas, que Alfredo Aquino se devota. Suas mensagens, porém, dão-se visualmente, por meio de pinturas e de desenhos. O sentido da carta, em sua poética, constitui uma tentativa de restabelecer o elo entre a arte e o espectador que, para o artista, perdeu-se, principalmente ao longo das últimas décadas, marcadas pelo que denuncia como hermetismo da arte contemporânea. Em seu conjunto, as cartas procurariam então reatar esse saudável e necessário diálogo.

Nos trabalhos mais atuais de Aquino, tanto no suporte do papel quanto no da tela, temos, de forma bastante reconhecível, duas naturezas de elementos que se entrecruzam: as imagens figurativas e o que seriam textos cifrados. As primeiras dizem respeito a uma longínqua e perseverante figura feminina, que se manifesta por meio de torsos, rostos, corpos, olhares e lábios consumados entre representações de linhas de um texto. Essa mulher, personagem que acompanha, atormenta e estranhamente suaviza o fazer de Aquino, parece emergir do passado e da memória com a força do que se sabe certeiro no futuro. Sobre ela, o texto que não foi possível dizer e que o artista restitui por meio da arte, por meio da pintura e dos desenhos, linguagens que ele, técnica e poeticamente, domina.

Não nos interessa aqui fazer uma interpretação dessa figura feminina espectral e recorrente. Entretanto, também soaria falso ignorar uma presença tão potente, de caráter real ou fictício, que se não é a inspiradora de toda essa produção constitui, por seu turno, seu *leitmotiv*. Sobre esse aspecto, é importante pontuar que tal efígie, marcante nos trabalhos dos anos 90, foi sendo paulatinamente suprimida nas pinturas do início desta década, de caráter mais geométrico e abstrato, para agora ressurgir, sobretudo na produção em papel, com uma fúria avassaladora. É um rosto que não pode ser esquecido, um corpo que não pode ser tocado e que, contudo, alimenta febrilmente o universo do artista.

Como cartas, as pinturas e desenhos de Aquino se dirigem a um ou a vários espectadores e leitores. E aqui se configura um elemento de tensão, em vista das relações entre imagens e pretensos textos. Na realidade, o que seria o texto, articulado de forma umbilical ao conceito de palavra, é totalmente ilegível em seus trabalhos. Ele assume, por outro lado e curiosamente, uma qualidade de tecido ou de trama, como a raiz latina da palavra texto nos faz perceber. Trata-se de uma falsa escritura que se torna imagem, de um elemento agregado à figura com o sentido de fazer-se perceber como texto, como mensagem que pode ser lida, que está prestes a ser decifrada: texto pictural, como gosta de definir o artista; texto em que não há o código forte da língua, mas sim o código sensível e plural da imagem.

Vários podem ser os sentidos desse texto impraticável em sua função de texto, desse texto construído como unidade visual e não textual. Em sua impossibilidade de leitura, ele parece suspender em si qualquer tipo de evidência que a imagem ou a combinação entre ambos possa suscitar. Mais: talvez seduzido pela própria natureza da carta, esse texto procure estabelecer uma troca mais íntima com o espectador, tornando-o também um autor, uma vez que diante da imagem não há o que ler, e sim o que imaginar e pressupor. O leitor e o espectador podem fazê-lo como quiser, numa inusitada cumplicidade com o artista.

No campo formal, o que interessa a Alfredo Aquino é a depuração das formas, a supressão da ênfase. A sua busca é por uma obra que não grite, mas que sussurre. Nessa trajetória, uma referência pontual é o trabalho de Arcângelo Ianelli, um dos mais importantes artistas brasileiros de todos os tempos. Há vários anos Aquino nutre uma profunda admiração e amizade por Ianelli, para quem a síntese deve ser buscada incansavelmente. Daí, na poética de nosso artista, as pinturas estruturadas em tons, com suas suaves pinceladas. Daí a sutileza das formas, mesmo as flagrantemente femininas.

Os desenhos apresentados neste livro, em tinta china molhada e viscosa, são um eco das pinturas. Na realidade, Aquino voltou ao preto e a suas possibilidades há pouco tempo, depois de um longo hiato, resgatando, inclusive, um fazer com o qual conquistou grande prestígio, a exemplo do livro Os Sertões, de Euclides da Cunha, que ilustrou em 1974. Nesse bem-vindo regresso, o papel, em seu caráter aparentemente despreocupado, parece tê-lo seduzido de forma imperativa para a linha. É então que a mulher, habilmente mergulhada nas tintas de suas pinturas, retorna ainda mais vigorosa em meio ao grafismo rápido e livre.

Para Alfredo, tantas vezes taciturno e melancólico no seu devotado fazer de pintor, a arte também requer um comedimento, sobretudo a pintura que, citando Paul Claudel, é uma escola do silêncio. Diante dela, diante da arte, necessitamos exercitar um outro olhar, pausado e carinhoso, disposto a flagrar as particularidades e requintes do *métier*, as pinceladas e ranhuras clandestinas; disposto a ignorar os desassossegos cotidianos em prol de uma tentativa de transmutação. E a experiência estética pode fazer isso.

Paula Ramos - Jornalista e Crítica de arte

Dialogue tenu par un fil

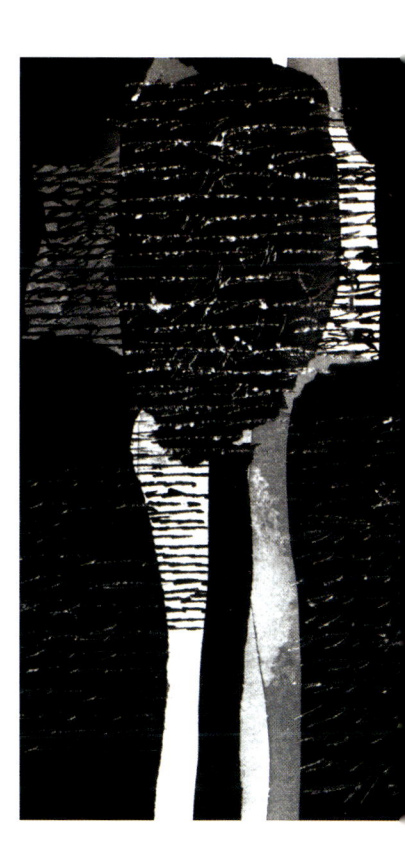

Il y a quelque temps qu'Alfredo Aquino se consacre à de qu'il appelle des "Lettres ". " Lettres ", c'est le nom qu'il donne à la grande majorité de ses peintures et de ses dessins récents. Lettre, tout simplement. Étymologiquement, ce mot vient de charta adaptation en latin du mot grec khartês. En portugais, le double sens du mot carta en fait un terme qui appartient à de nombreux domaines. Son sens premier renvoie à l'idée d'une feuille de papier, fabriquée primitivement à partir de fibres de papyrus et utilisée pour écrire. Nombreux sont les types de lettres, nombreuses leurs applications: elles sont manuscrites, de transport, d'affranchissement, de crédit, de garantie, ce sont des cartes de jeu, des cartes qui existent en dehors du jeu de cartes. Il y a des lettres d'avertissement, rogatoires, patentes, testamentaires, des lettres qui font loi. Il y a des lettres de reconnaissance, des lettres de voyage, des cartes topographiques, géographiques, célestes, marines appelées aussi portulans. Les lettres sont descriptives, narratives, confessionnelles... sous des formats les plus divers la lettre constitue un support pour la communication, une possibilité d'établir un échange entre celui qui l'écrit, la dessine et la conçoit et celui qui la reçoit, la voit et l'interprète.

La fascination que provoque une lettre se trouve dans la surprise, dans l'expectative et dans la possibilité imminente de la découverte de quelque chose. Et bien que, grâce aux moyens numériques, l'homme consacre désormais plus de temps à l'écriture, la lettre concrète, surtout la lettre manuscrite, inspire une relation passablement différente de celle que nous établissons avec le message électronique. Dans les premières, nous ressentons un ensemble de sensations et de perceptions qui se manifeste à partir des observations les plus banales, comme la calligraphie de l'émissaire, le stylo ou la force employée au moment d'une écriture, le papier utilisé, la façon de le plier. Nous pouvons aussi supposer, grâce à cette lettre palpable et parfois parfumée, les conditions possibles de son écriture: l'empressement, la fatigue, le désir, la tristesse, la joie, l'indifférence, l'euphorie, le calme. Les lettres effectivement, disent beaucoup. Combien de fois ne sommes nous pas surpris à la vue d'une écriture de maîtresse d'école, ou au contraire à la vue de mots maladroits d'un ami qui nous est cher? Une graphie que nous ignorions, homogénéisée par le clavier de l'ordinateur. En effet, l'enveloppe la plus ordinaire au fond de la boîte à lettres, suffit de nous émouvoir, avec son timbre ordinaire ou recherché, portant la date du cachet de la poste à moitié effacée, la colle qui dépasse les marges de la fermeture de l'enveloppe. À notre époque, où écrire des lettres, surtout à la main, suppose un dévouement et une tendresse à toute épreuve, en recevoir une est un moment privilégié.

C'est à cette fonction, écrire des lettres, qu'Alfredo Aquino se dévoue. Ces messages cependant se présentent visuellement à travers peintures et dessins. Le sens de la lettre dans sa poétique, constitue une tentative de rétablir le lien entre l'art et le spectateur, lien qui s'est perdu pour l'artiste, principalement au cours des dernières décades, marquées par l'hermétisme de l'art contemporain dénoncé par Alfredo Aquino.

Dans son ensemble les lettres chercheraient alors à rétablir ce salutaire et nécessaire dialogue. Dans les travaux les plus récents d'Aquino, tant sur le support papier que sur la toile, nous avons des façons facilement repérables, deux éléments qui s'entrecroisent: les éléments figuratifs et les textes chiffrés. Les premiers ont trait à une lointaine et omniprésente figure féminine qui se manifeste à travers les torses, les visages, les corps, les regards et les lèvres qui prennent forme entre les lignes d'un texte.

Cette femme, qui accompagne, tourmente et adoucit étrangement l'œuvre d'Aquino, semble émerger du passé et de la mémoire avec la force de ce qui dans l'avenir sera sûr. Sur elle, le texte impossible à dire, et que l'artiste restitue au moyen de l'art, de la peinture et des dessins - langages que l'artiste maîtrise, techniquement et poétiquement.

Ce n'est pas notre but de faire, ici, une interprétation de cette figure féminine spectrale et récurrente. Il ne conviendrait cependant pas d'ignorer une présence si puissante, à caractère réel ou fictif qui, même si elle n'est pas l'inspiratrice de toute cette production, en constitue pour autant son leitmotiv. À cet égard, il est important de noter qu'une telle effigie, remarquable dans les travaux que l'artiste a réalisés dans les années 90, fut peu à peu supprimée de ses peintures des premières années de cette dernière décennie, qui ont un caractère plutôt géométrique et abstrait. Elle revient maintenant, surtout dans sa production en papier, et avec une force triomphante. C'est là un visage qui ne peut pas être oublié, un corps qui ne peut pas être touché et qui, néanmoins, nourrit de manière fébrile l'univers de l'artiste.

Comme des lettres, les peintures et dessins d'Aquino s'adressent à un ou à plusieurs spectateurs et lecteurs. C'est ainsi qu'un univers de tension s'y configure, en vue des relations entre des images et textes voulus. En réalité, ce qui serait le texte, articulé comme par un lien ombilical au concept de mot, est totalement illisible dans ses travaux. Par ailleurs, le texte assume ici, curieusement, une qualité de tissu ou de trame, ce qui nous renvoie à la racine latine de ce mot. Il s'agit d'une fausse écriture qui devient image, d'un élément intégré à la figure avec le sens de ce qui veut être perçu comme un texte, comme un message qui peut être lu, qui est prêt à être déchiffré: texte pictural, comme l'artiste aime le définir; un texte dans lequel existe le code sensible et pluriel de l'image, et non celui, fort, de la langue.

Ce texte impraticable dans sa fonction de texte, ce texte construit comme unité visuelle et non textuelle, peut avoir plusieurs sens. Dans son impossibilité de lecture, il semblerait que plane sur lui un quelconque type d'évidence que l'image ou la combinaison entre texte et image, peut susciter. Et plus que cela: séduit, peut-être, par la nature même de la lettre, ce texte cherche à établir un échange plus intime avec le spectateur, en faisant de lui aussi un auteur, puisque devant l'image il n'y a rien à lire, et tout à imaginer et présupposer. Le lecteur et le spectateur peuvent le faire comme ils l'entendent, dans une complicité inusitée avec l'artiste.

En ce qui concerne le domaine formel, ce qui intéresse Alfredo Aquino est la dépuration des formes, la suppression de tout ce qui est emphatique. Sa quête n'est pas celle d'une œuvre qui crie, mais de celle qui murmure. Dans cette trajectoire, il y a une œuvre qui lui sert de repère: celle de Arcângelo Ianelli, l'un des plus importants artistes brésiliens de tous les temps. Alfredo Aquino témoigne, depuis plusieurs années, d'une profonde admiration et d'une grande amitié pour Ianelli, pour qui la synthèse doit être recherchée infatigablement. D'où la présence, dans la poétique de notre artiste, de peintures structurées en tons, avec ses délicats coups de pinceau; d'où la subtilité des formes par lui crées, même celles qui sont le plus manifestement féminines.

Les dessins présentés dans ce livre, en encre de Chine mouillée et visqueuse, sont un écho de ses peintures. Aquino est revenu au noir et à ses possibilités il y a peu de temps, en redonnant ainsi de l'attrait à une technique que lui avait déjà valu beaucoup de succès, avec les illustrations du livre Os Sertões, de Euclides da Cunha, faites en 1974. Dans cet heureux retour, le papier, avec son caractère apparemment insouciant, semble l'avoir séduit d'une façon impérative. C'est alors que la femme, plongée de manière habile dans l'encre de ses peintures, revient encore plus vigoureuse, dans un graphisme rapide et libre.

Pour Alfredo, si souvent taciturne et mélancolique dans l'exercice dévoué de son métier de peintre, l'art demande une retenue, surtout dès lors qu'il s'agit de la peinture, qui pour reprendre les termes Paul Claudel, est une école du silence. Devant la peinture, devant l'art, nous avons besoin de nous exercer à un autre regard, compassé et doux, un regard qui se dispose à surprendre les particularités et les raffinements du métier, les coups de pinceau et les rainures clandestines, un regard qui ignore les inquiétudes quotidiennes, au nom d'une tentative de transmutation. Voilà ce que l'expérience esthétique peut faire.

Paula Ramos - Journaliste et Critique d'art

Não custa nada repetir

Marília, meu amor,

Sabe como as coisas se passaram?
De maneira muito simples.
Ele me disse: Obrigado.
Com displicência.
Tenho certeza de que não queria me agradecer.
Pedi: Diga de novo.
Insisti, delicado: Diga com convicção.
Ele: Já disse. Não vou repetir.
Nunca mais repetirá nada.

Do teu

Salles Jr.

O mundo das coisas impossíveis

Meu querido Gustavo,

Sei que a cada dia você espera uma carta minha cheia de novidades. Hoje, nada tenho de pessoal, preciso te falar da Ana Verona, aquela que você adora e até andou dando em cima uma vez. Quero te contar o que vi hoje na rua. O homem pintava o portão quando Ana passou, parou, ficou a observá-lo. Ela, com seus 45 anos, corpo moldado na malhação, saia colorida, berrante, blusa de tecido leve, vaporoso a revelar as formas, sem mostrar o corpo, sugerindo.

— Por que pinta de verde?

— O dono mandou.

— O dono não sabe que é uma cor antiga?

— Como antiga?

— Os portões das casas, muitos anos atrás, muitos mesmo, mais de cinqüenta, eram verdes.

— Não sei do que a senhora fala, tenho só 26 anos.

— Quero dizer que o verde não é uma cor boa.

— Não adianta falar para mim. Fala com o dono. Pinto da cor que me mandam pintar.

— Mas há cores boas e cores que não são boas!

— Quem decide o que são cores boas e ruins?

— De que adianta responder se você não vai entender? Chame o seu patrão

— Bata aí! A senhora que chame!

— Custa ir chamar?

— Fui contratado para pintar o portão, não para chamar pessoas.

— Precisa ser mal-educado?

— Não sou mal-educado, apenas não posso fazer uma coisa se estou fazendo outra.

— Pare um minuto, vá chamar seu patrão, faça-me o favor.

— Não posso fazer favor se estou pintando. Como fazer duas coisas ao mesmo tempo?

— Pare! Vá!

— Paro e meu patrão chega! Que desculpa dou? O homem é um demônio.

— Não pode ter boa vontade?

— De que adianta ter boa vontade no mundo? Pensando bem, tenho muita, estou ouvindo a senhora.

— Então, porque não vai?

— Por que estou pintando.

— Pare um pouco.

— Quem pinta enquanto paro? Você?

— Posso tentar.

— Pode tentar ou sabe?

— Não sei.

— Então, não pode pintar.

— Ao menos, pare de pintar de verde.

— Sabe o que vou fazer? Sabe?

Saiu de trás do portão gradeado, chegou na mulher e começou a pintá-la da cabeça aos pés. "Tome! Tome o verde de que não gosta, para aprender a amá-lo". Ela não se moveu, apenas esverdeou inteira, pensando: "Como entender o que acontece neste mundo? Mas é tão bom o mundo das coisas impossíveis".

Assim as coisas se passaram com Ana.

Abraço apertado da

Eugênia

Treze bilhetes fundamentais

1
Adriano, meu amor.
Por quê...?
Beijos
Lu

2
Adriano, meu querido,
Você não me ama mais.
Beijos
Lu

3
Querido,
Você não me deseja mais.
Beijos
Lu

4
Querido,
Você não me quer mais.
Beijos
Lu

5
Querido,
Você não me suporta mais.
Beijos
Lu

6
Querido,
Você não pensa mais em mim.
Beijos
Lu

7
Querido,
Você não me trai mais.

O que houve?
Beijos
Lu

8
Querido,
Você não tem saudades do meu suor salgado?
Beijos
Lu

9
Querido,
Você não tem mais vontade de me algemar ao pé da mesa de cozinha?
Beijos
Lu

10
Querido,
Quer que eu me mate?
Beijos
Lu

11
Querido,
Sabe que contratei um assassino?
Beijos
Lu

12
Querido,
Não tenho coragem de te matar.
Prefiro me embriagar, cheirar pó, sair dando tiros como uma *serial killer*,
sair dando para todo mundo menos para você, mas que saiba
que estou dando.
Beijos
Lu

13
Querida Lu,
Viu?
Você não vai mais dar para ninguém.
Beijos
Adriano

A foto no meio do atlas

Querida Tatiana,

Ao olhar a fotografia que encontrei no meio do atlas compreendi o que aconteceu. Uma coisa me intrigou. Como ela foi parar no meio de um atlas dos anos 30, usado pelos alunos do ginásio, se você nos anos 30 não era nascida e seus pais ainda não tinham se casado? A quem pertenceu esse atlas? Por que estava em minha estante? Empoeirado, páginas faltando (imagine, não tem a Alemanha, nem parte da Rússia), estava jogado no alto, naquela parte onde atiramos livros que não queremos mais e não temos coragem de jogar fora. Por que nos apegamos às coisas? Que apego teria eu a um atlas que não sei de onde veio, de quem era? Como a sua fotografia, de um tempo em que nos gostamos tanto, fomos tão felizes, foi aparecer no meio dele, junto aos mapas da China? Logo a China, o país de *O Último Imperador*, o filme que você tanto curtiu. Foi naquela tarde em que, entrando no cine Marabá, porque sabia que você estaria lá, te flagrei junto com ele. Você se assustou e chorou. Inutilmente, porque fiquei feliz, foi uma tarde feliz, eu estava à sua procura para dizer que estava tudo terminado e quando te encontrei vi que estava mesmo, mas preferi te deixar levar a culpa, porque imaginou que eu ainda gostasse de você e estaria sofrendo e nunca me recuperaria. Você adorava me ver aos teus pés, mas olhei teu rosto e percebi como foi difícil aquele encontro furtivo no escuro do cinema. Era uma traição – e o que é traição? Você estava me traindo, ainda que há muito tempo eu te enganasse. Saí dali, você veio atrás, segurou a manga do meu paletó (por que eu estava de paletó numa tarde de terça-feira, no centro da cidade?) e pediu: "Vamos conversar, me desculpe, você vai entender tudo". Respondi: "Entendi, acabo de entender o amor, as mulheres, os homens, a vida, o mundo, a política, o buraco negro da atmosfera!" E você: "Quero te explicar". Mas explicar o que? Eu não queria explicações. Tive medo que explicando você pudesse querer ficar comigo, quisesse estar bem, sem remorsos, amarguras. Era uma coisa que eu não podia suportar. Empurrei, você caiu na poltrona de couro vermelho do *hall*, uma poltrona anacrônica, toda estourada. Por que foi naquele cinema que cheirava a mofo? Para se esconder? Nunca vai saber como soube que você estava lá e espero que tenha passado esses anos todos remoendo, cheia de ansiedade. Nunca saberá que gostei de te castigar, ainda que eu merecesse o castigo, traí antes, há muito não gostava de você. Nunca saberá como descobri o seu endereço nesse *spa* que na verdade é um asilo. Sei que está nele, passo todos os dias pela frente, te vejo ao sol, com o mesmo jeito altaneiro (usei essa palavra no primeiro dia que nos encontramos e você gostou, lembra-se?). Você sempre foi mulher determinada, brava às vezes, risonha outras, cheia de altos e baixos, cheia de surpresas, carinhosa hoje, raivosa amanhã. Esse teu jeito me encantava, me deixava siderado (usei essa palavra no momento em que te recebi do teu pai no altar, na hora do casamento, e você riu: "Cada palavra que você usa", disse). Não achou engraçado: te recebi do teu pai? Estou escrevendo às pressas, escrevendo mal, repetindo muito você, você, logo eu, que tinha estilo para escrever. A bic está se acabando, não tenho dinheiro para comprar outra e o papel é o saquinho da padaria. Percebeu? Mas quem se importa com estilo, se aquela tarde em que te vi no cinema me marcou, me acompanhou, não sai de dentro de mim? Nunca reparou, no seu banco ao sol, em um homem que pelo lado de fora se agarra às grades do jardim, esperando que você olhe para ele, lembre-se de quem tirou a foto que estava dentro do atlas? Nessa foto você sorri, bebendo Frascati, uma garrafa que fui buscar correndo, porque fazia calor, você suava na têmpora, tinha a pele úmida, o vestido se colava ao seu corpo. Bati a foto e nela você está quase nua. Você roubou a cópia, disse que não era conveniente que eu ficasse com ela, podia mostrar aos meus amigos, ao pessoal da escola. Foi no recreio, antes da aula de química que a foto passou para você e nunca mais a vi. Agora, reencontrei nesse atlas em que há mapas de países que não existem mais. Quando essa foto saiu de suas mãos e como foi parar em um atlas em minha estante? Se eu conseguisse entender isso entenderia também o que aconteceu entre nós. De que adianta entender? Quando entendimento melhorou o mundo? Quero que saiba que ninguém é mais bonita do que você, dentro desse asilo. Quer sair dele?

Beijo do

Amoroso

O que dizer?

Caro Petrônio,

Não sei o que dizer, não sei o que dizer. Não sei o que dizer, não sei o que dizer, não sei o que dizer, não sei o que dizer, repito. Não sei o que dizer, não sei o que dizer, não sei o que dizer, não sei o que dizer, não sei o que dizer, não sei o que dizer, não sei o que dizer, não tenho como dizer, não sei o que dizer, não sei o que dizer. Preciso te dizer, não sei o que dizer, não sei o que dizer, não sei o que dizer, não sei o que dizer, não sei o que dizer, não sei o que dizer. Não sei se preciso dizer, não sei o que dizer, não sei o que dizer, não sei o que dizer, não sei o que dizer, não sei o que dizer, não sei o que dizer, não sei se devo dizer, não sei o que dizer, não sei o que dizer, não sei o que dizer, não sei o que dizer, não sei o que dizer, não sei o que dizer. Não sei se é possível dizer, não sei o que dizer, não sei o que dizer, acho que não preciso dizer, não sei o que dizer, não sei o que dizer, não sei o que dizer, não sei o que dizer, não sei o que dizer, não sei o que dizer, não sei se vale a pena dizer, não sei o que dizer, não sei o que dizer, não imagino como te dizer. Não sei o que dizer, não sei o que dizer, não sei o que dizer, não sei o que dizer, não sei o que dizer, não sei o que dizer, não sei se preciso dizer, não sei o que dizer, não sei o que dizer, me pergunto por que deveria te dizer o que tenho, se preciso, se adianta alguma coisa. Não sei o que dizer, não sei o que dizer, não sei o que dizer, não sei o que dizer, não sei o que dizer, não sei o que dizer, não sei se preciso dizer, não sei o que dizer. Não sei o que dizer, acho que não tenho nada mais a te dizer, acho que não quero mais te dizer nada, acho que você não entende.

Disse tudo, apesar de tudo,

Beijos da

Alice

As palavras exaustas

Caro Raphael Luiz,

Tem sido produtiva a nossa troca de *e-mails*, porque respeito em você o filósofo, o homem dedicado ao léxico, o pensador inquieto que se preocupa com o cansaço que envolve o mundo atual e nosso comportamento. Você me perguntou: que catedral é essa que pretende erguer em meio ao campo, numa região desolada, onde não haverá fiéis, à qual poucos terão acesso, uma edificação que ninguém entenderá, uma catedral não para a glória de Deus e sim para a renomeação das coisas? Talvez eu não tenha sido claro, mas a questão está aí, a renomeação das coisas.

O mundo somente será transformado se as velhas denominações forem alteradas. Sem isso, tudo continuará igual, a humanidade se habituou, se conformou e está paralisada, usando as mesmas denominações, porque tudo continua a seguir a nomenclatura de séculos ou milênios. A única revolução será o desnomear. Esta atitude levará cada um de nós a repensar e buscar novos significados, muitas vezes mais apropriados.

Dar sentido moderno à palavras que existem desde tempos em que o homem, começando a falar, nomeou objetos, pessoas, peixes, animais, árvores, pedras, montanhas, rios, céu, nuvens, estrelas, sol, lua, noite, dia, mares, rochas, instrumentos caseiros, cidades, ruas, navios, automóveis, bicicletas, armas, utensílios, portas, viadutos, janelas, pregos, bancos, poços, ações da bolsa, computadores, satélites, princesas, doenças, amores.

Para cada coisa que surgiu o homem inventou uma palavra para designá-la, destacá-la das outras, a fim de que a chave não fosse confundida com o cinzeiro ou com o rato. Assim, foram criadas milhares de palavras que nos levam a milhares de questões, aparentemente prosaicas:

Quem primeiro definiu porta? E por que porta?

Qual a razão para um talher se chamar garfo e outro colher?

E agulha de injeção?

E alegria?

E tecla, corda, caçamba, nó, cachorro, língua, lamber, torno, tia, fonte, pesca, vídeo, afogar, apófise, hematocatarse, limpador, ocipital, quartzo, sexo, tarrafa, quadriga, *software*, oboé, lariga, clitóris, galope, estabelecer, caraminguá, trança, liquidação, caligaresco?

Veja paralelepípedo. Seria um pípedo em paralela? Paralela posso entender. Mas pípedo não quer dizer nada. Diga a alguém: pípedo. A pessoa vai olhar com uma expressão de quem está diante de um louco. Nunca diga palavras estranhas diante dos outros. Em algum momento, uma pessoa olhando a pedra que estava sendo colocada na rua murmurou: paralelepípedo. Qual a razão? No que pensava? Que associação fez? De onde tirou pípedo? Pípe+do? Pí+pedo? Estaria naquele momento em um processo mental alucinatório, murmurando palavras desconexas? Quantas palavras terão sido criadas a partir de raciocínios desencontrados, paradoxais? Quantas palavras não foram inventadas por loucos para uso dos normais? Quantas não foram produtos de uma brincadeira, gozação, impossibilidade momentânea de nomear, gozação? Quantas não vieram da raiva?

Cruz. Em que momento se decidiu que a intersecção de duas linhas retas tem o sentido de cruz? Um homem de braços abertos adquire o formato de uma cruz. E se em lugar de cruz a pessoa tivesse pensado em contemporizar? Cruz seria igual a contemporizar. Cristo teria sido contemporizado. A propósito, contemporizar vem de com+tempo+rizar. Que diabo significa rizar? Algo a ver com risada? Mas de onde veio risada como o ato de rir, sorrir, se alegrar? Ou seria contem+porizar. Porizar igualmente não existe nos dicionários. Ao menos, não naqueles que conheço – e hoje somam 614 – e que pretendo deixar para a catedral, quando ela estiver pronta.

À minha volta, desta barraca de madeira que ergui para acompanhar as obras, vejo canaviais se estendendo por milhares de hectares, ampla extensão verde, o lugar onde me refugiei desde que deixei São Paulo. Não podia suportar mais e não podia abandonar – como não ficar? Por que ir? No campo, vejo múltiplos verdes. Verde. Quem nomeou a cor verde? Por que não azul? Quem garante que o azul é azul e não vermelho? O vermelho, preto. Não há razão para o preto ser preto, assim como o branco é branco. O branco poderia ser amarelo. Qual a justificativa para aceitarmos que as cores sejam essas?

O primeiro homem que se viu entre árvores deu o nome de árvore a um tronco com galhos e folhas e, quem sabe, flôres. Onde ele buscou o termo flor? Se pudéssemos resgatar o raciocínio dos primeiros nomeadores. E se eles se enganaram? Se a pedra fosse folha, a água vento, o animal um pássaro, o pássaro peixe? E se aqueles primeiros nomeadores se divertiram, trocando o nome de todas as coisas, para confundir o futuro, desnortear a humanidade? E se o futuro é o passado? O primeiro nomeador se baseou em quê? E se um deu um nome e o outro trocou sem querer e o engano permaneceu?

Questões complexas que talvez nós dois, nos próximos anos,

abrigados na catedral, possamos a solucionar, contratando mais pessoas. Haverá um gigantesco trabalho pela frente, porém isso não assusta; ao contrário, dará prazer. Temos, os dois, prazer com as palavras, seu mistério, armadilhas.

As palavras são tirânicas, não admitem contestações. Diga o que quiser, invoque todos os seus conhecimentos filosóficos, científicos, teológicos — já que leu Anselmo de Canterbury, Descartes, Hegel, Schopenhauer, Farias Brito, Aristóteles, Arnauld e Nicole, Bacon, Berkeley, Condillac, Freud, Leibniz, Marilena Chauí, Merleau-Ponty, Nietzsche — e porta continuará sendo porta, ninguém tira dela o sentido, o significado, o uso. Palavras são axiomas, verdades absolutas? Ou não? Nunca em toda a minha vida, que se alonga mais do que o previsto — lembra-se? Tinham me dado cinco meses de vida e quantos anos faz? — em todas as minhas leituras, ouvi contestações, discussões, debates em torno das cores, portas, etc. Quantas universidades existem no mundo? Quantos teóricos, ensaístas, mestres, doutores, prêmios Nobel saíram desses centros acadêmicos? Quantas teses foram escritas sobre todos os assuntos possíveis. Bilhões de textos e nenhum contestando os nomes das cores, questionando os porquês, levantando a questão das terminologias.

Isso revela a acomodação em que nos encontramos, nada fazendo para mudar a nomeação de um simples termo. Não consigo abrir um dicionário sem pensar na falência das designações, no anacronismo que cada palavra encerra. As palavras estão gastas, deterioradas. Creio que também elas se cansaram de ser o que são, porque os homens não permitem mudanças, alterações, transformações, substituições de sentido. As palavras estão fossilizadas, como se tivessem se congelado por milênios de uso e se ressentem, estão à espera de quem as renove, recicle, limpe, recondicione, restaure, dê polimento, atualize significados opacos, cancele o vazio das repetições.

As pessoas mais interessantes que conheço sao as que dizem coisas julgadas sem nexo pelo homem comum. Coisas contraditórias, incoerentes, inexplicáveis, aparentemente inacessíveis. O homem comum é odioso, arrasta-se pela vida sem alçar a cabeça, sem saber que tem pensamentos e pensamentos. Pensamentos que se amontoam na cabeça usando palavras antigas, daí estarem encanecidos.

As pessoas que dizem coisas sem nexo não pertencem à esfera da normalidade, e o interessante reside nesse aspecto. Na não normalidade. Que não quer dizer anormalidade, no velho sentido. Percebe a necessidade de renomear tudo? Há sabedoria em quem, ao conversar, nos obriga a seguir com atenção a linha de pensamento, esforçando-se por entender palavras que parecem significar o mesmo para os normais, ao passo que não é assim. Agora, tenho vontade de escrever esta carta de maneira nova, com palavras renomeadas, mas corro o perigo de não ser entendido, porque o entendimento das coisas se processa ainda por antigos mecanismos.

Portanto, preciso que você me ajude a encontrar a forma de fazer este texto e todos os outros, meus, seus, da humanidade, de maneira a não ser entendido pelos não normais, aqueles que realmente nos interessam, porque são as pessoas que fazem mover o mundo. Para depois chegar aos normais. Se puder me ajudar, dê um sinal e venha visitar, estão abrindo os alicerces da catedral. Seria alicerce a palavra? Catedral? Teremos profícuas discussões pela frente, no futuro. Futuro ou passado? Seria profícua a palavra. De onde vem? Pro+fícua?

Percebeu a tarefa?

Abraços de quem muito admira a integridade e a sua obra, respeitada em todo o Brasil,

Erasmo de Aquino

Há pessoas boas no mundo

Querida Marilia,

Ele me disse: Obrigado.
Perguntei: Obrigado a quê?
Ele: Estou agradecendo.
Eu: Fiz meu dever como ser humano.
Ele: Nem todos fazem.
Eu: Não fazem porque no mundo só tem filho da puta.
Ele: O senhor não é filho da puta. É uma pessoa boa.
Eu: Sou mesmo.
Ele: Há poucas pessoas boas no mundo. Eu me considero uma.
Eu: Pois vai ser uma a menos.
Ele compreendeu. Tremeu e chorou.

Um beijo do

Salles Jr.

Motivo para uma ação judicial

Caro Sérgio,

Você passou por mim, eu disse, alto e bom som
(gostou, alto e bom som?):

Grzçismintr.

Foi exatamente isso? É como eu me lembro. Não me desminta, te conheço, vai dizer que não foi assim.

Não alegue que eu não disse, tenho certeza que ouviu, me olhou e sorriu, acenou e se foi.

Quero que fique claro que qualquer atitude sua, daqui em diante, corre por sua conta e risco, uma vez que bem sabe porque foi dito Grzçismintr.

Um abraço,

Maria Fernanda

PS: Qualquer disposição em contrário fale com meus advogados. Ou com os seus. Vai adiantar? Você tem advogados? Duvido que tenha. Duvido e faço pouco!

O ônibus da madrugada

Glorinha, amiga do coração,

Sei, percebi tudo ontem, ficou claro e este bilhete é o da minha libertação...

... descobri à medida que o ônibus avançava pela Marginal do Tietê e o cansaço me dominava, o amargo subia, eu me enchia de decepção, perguntando o que estou fazendo aqui? O que estamos todos fazendo?

... não, não estou mais dominado pela ambição de vencer na vida, naquele sentido que todos davam ao tema na década de 70 e se avolumou nos 80, com aquela cambada de *yuppies*...

... naquele momento, na madrugada, quatro horas, todos dormiam no ônibus, olhei as ruas desertas, deixei de compreender minha presença na cidade... corríamos por entre fábricas, depósitos, galpões, novos, em construção, velhos, caindo aos pedaços, vidraças rompidas, telhados caídos, ruínas, terrenos estaqueados, empresas de plásticos, tecidos, autopeças, trilhos de trem, roupas, misturadoras de concreto com suas torres vermelhas e centenas de caminhões betoneiras, linha de frente avançada de um exército pronto a atacar, e começaria pela manhã a levar concreto para mais um prédio, outro, outro, e dezenas centenas...

... prédios serão novos apartamentos, milhares, escritórios, milhares, para abrigar gente e gerar emprego a render dinheiro, tudo o que estava à minha volta era para fazer dinheiro, bares, casas, armazéns, lojas, mercadorias empilhadas, vagões de carga prontos a conduzir, empresas de transporte, fachadas de vidros, aço, pastilhas, tijolos, concreto aparente, prédios dominados pelo cinza, cobertos de poeira, limalha de ferro, fumaça que respiro, sufoca, tudo para fazer dinheiro...

... a nossa finalidade é fazer dinheiro, produzir, vencer, possuir, ter, acumular, investir, crescer, evoluir, aumentar o pib, o pob, o *pub*, a pqp...

...ônibus passando por anúncios luminosos, néon e eletrônicos, *out-doors*, cartazes, letreiros, faixas, o cansaço era visual, físico...

... não, não é a luta que desejo, que busco, todo o sentido da cidade e do mundo reunido nessas quadras, cada tijolo, prego, telha, sacos de cimento e cal, parafuso a serviço do vencer na vida, pequenas empresas, grandes, indústrias, industriazinhas, telhados, muros, portas, janelas, vitrines, padarias, farmácias, quitandas, bancas de camelô, bancos, em tudo a marca das coisas que eu nego e me sufocam...

...não fui feito para isso, não admiti por anos e anos, e minha barriga cresceu, inchou, meus olhos se gastaram, meus ossos doem, nem sei porque estou contando estas coisas, nem sei porque não fiquei naquele ônibus e me afastei, desci na rodoviária e vim para minha casa, entrei...

...entrei, porque há trinta anos abro este portão que vou reformar um dia, há trinta anos coloco a chave na fechadura...

...há trinta anos tiro os sapatos na sala, vou para a pia do banheiro, lavo o rosto com água fria, muito fria...

...e me deito pensando ...e me deito pensando...

...e me deito pensando...

...pensando que amanhã vou mudar tudo.

Você ainda acredita em mim?

Com a profunda amizade do

Leon

Na porta do cinema

Cara Amália,

O que você me pediu para contar foi simples. Aconteceu com Emílio, aquele que detestava o nome, mas o cartório se recusou a mudar. Tudo se passou assim:

" Aproximava-se da porteira do cinema.

— Ela chegou?

— Quem?

— Minha namorada.

— Como vou saber quem é?

— Verdade, você não a conhece. Devem entrar aqui centenas de pessoas.

— Por dia? Milhares, principalmente num filme como esse! Não sei o que viram nele.

— História de amor. Todo mundo gosta.

— Amor! Como se alguém acreditasse no amor.

— Eu acredito. Por isso estou aqui, à espera de minha namorada.

— Há meses você vem todos os dias. Meses!

Ficou por ali, com o rabo do olho na entrada do cinema. Terminou a primeira sessão, nada. A segunda, tudo igual. Antes da terceira – porque eram sessões corridas, normais, sempre que havia um filme de sucesso – houve uma troca de porteiros. Chegou o sujeito carrancudo que sempre desconfiava dele e, um dia, tinha chegado a chamar o segurança para expulsá-lo. O porteiro acenou:

— Continua à espera?

— Sempre!

— Não entendo, juro que não entendo.

— Porque nunca amou.

— Quem disse?

— Veja a sua cara! Amarrada, amargurada, tem o olhar triste e fundo. Cadê a alegria de quem ama?

— Gosto muito.

— Gostar não é amar.

— Achei que era a mesma coisa.

— Amar é tudo.

— E gostar?

— Gostar é gostar. Amar é amar. Gostar quer dizer trinta por cento do sentimento. Amar é cem por cento.

— Você é estranho. Diz coisas complicadas.

— Amar é simples.

— Fico te olhando, você vem todos os dias, à espera dessa namorada que nunca aparece.

— Vai aparecer.

— Por que não liga para ela?

— Não tenho o número!

— Namora e não tem o número?

— Não namoro ainda. Vou namorar.

— O quê?

— Vou namorar. O dia em que ela chegar e entrar por essa porta, vou saber que é ela.

— Como? Como é que se sabe?

— Sabendo. É olhar e sentir. O coração acelera, a gente começa a suar, o estômago sobe para a garganta, a respiração fica ofegante, as pernas ficam bambas, as unhas tremem.

— As unhas tremem?

— É a melhor coisa. Tão bom viver assim. Você sente desaparecer.

— Desaparecer?

— Some. E quando percebe, você é outro. Está naquele que ama. Inteiro dentro, uma coisa só. Daquele momento em diante, dois viram um. Tornam-se uma só pessoa em tudo.

— Sei, sei ...

Nesse momento, ele se afastou para deixar entrar uma jovem morena, de olhos miúdos e um riso que se esparramava pelo rosto e começou a suar. Os dois se olharam e ele percebeu que após meses e meses tinha acontecido. O coração acelerou. A espera tinha terminado. As unhas tremeram. Ela continuou olhando e também sentiu. O estômago subiu à garganta. E o porteiro ficou assombrado, quando em lugar de duas pessoas, viu entrar apenas uma no cinema. Onde estava a outra? A pessoa que entrou piscou maliciosamente para ele. "Entendeu?", perguntou. O porteiro fez que sim…"

Beijos do

Luiz Ernesto

O horror que temos pelos outros

Marília, minha adorada.

Pense bem, o que você faria? Se te conheço, faria o mesmo que eu, nada mais, nada menos. Aquela mulher se virou e agradeceu:

— Obrigado por selar a carta para mim.

Respondi que tinha apenas lambido o selo e que ela também poderia ter feito o mesmo.

Ela:

— Tenho nojo de selos, não gosto do sabor dessa cola.

Eu:

— E fico com esse gosto ruim na boca? Essas colas são vagabundas, posso perder a lingua. Você me beijaria depois que lambi o selo?

— Não beijaria nem que você não tivesse lambido nada. Você é asqueroso.

— Por que fala assim?

— Só de te olhar me vem vontade de vomitar.

— Tomo banho com sabonetes da Lush. Uso desodorantes estrangeiros. Faço barba com Noxema. Escovo os dentes a cada vez que como. Uso Listerine para desinfetar a boca. Tenho sempre um spray de Halitol no bolso. Meu perfume é L'Eau d'Issey.

— Tenho pavor de homens limpos demais.

Liquidei-a assim que saiu do correio.

Não admito paradoxos. Prefiro as incoerências, as controvérsias.

Beijos do

Salles Jr.

Pensando nos pensamentos

Cara Rosalina,

Lembra-se? No meio do jardim público, havia uma oval de grama, com um poste no meio. Todos diziam – ninguém sabia porque – que se uma pessoa atravessasse a oval, sairia do outro lado como um zumbi sem fala e sem pensamento. Sem fala a gente acreditava, mas sem pensamento? Como é uma pessoa sem pensamento? A gente perguntava e ninguém sabia responder. Os pais prometiam responder depois, na hora estavam ocupados, tinham que fazer isso, fazer aquilo, dar um pulinho ali, outro lá. Mais de uma vez pegamos os pais reunidos no salão de barbeiro discutindo como seria uma pessoa sem pensamento.

Um dia, meu pai chegou com uma pergunta que fizeram para ele no salão: O que é um pensamento? Fiquei sem responder. Você pode pegar um pensamento? Claro que não! Pode ver? Não. Pode guardar? Acho que posso, porque tem coisa que penso hoje, depois esqueço, penso amanhã ou daqui a um mês. Onde ficam guardados os pensamentos? Uns sobre os outros. Como os sacos de arroz e de milho no armazém?

Pode ser, nunca olhei, não dá para olhar. Quando preciso de um, puxo os outros, tiro de cima, localizo e penso. Não, disse meu pai, você sabe tanto quanto eu que os pensamentos não existem se não podem ser vistos, ouvidos ou apanhados. O que sei, respondi, é que pensamentos são velozes. Como sabe? Porque o senhor também ouve dizer que ninguém é mais rápido do que o pensamento. Ele confirmou, mas me deixou encabulado: e qual é a velocidade do pensamento? Mais do que a do automóvel, do que a do avião, do que a do buscapé?

Não consegui responder e pensei em outra coisa: se os pensamentos pesam. Quanto pesam? Como pesar um pensamento? Levei as perguntas aos meus amigos que, por sua vez, levaram aos pais deles, que, por sua vez, levaram ao salão de barbeiro. Os pais ficaram sem saber o que pensar e assim até agora, passados tantos anos, ainda não sei se os pensamentos existem, se são de verdade, nem o que são, nem como nascem ou desaparecem. Não paro de pensar neles.

Abraços cordiais do

Camilo

Qual o significado?

Cássio, seu filhodaputa,

Faça-me o favor, faça-me o favor. Onde? Onde?
Ainda pergunta? O que está pensando?
O que imagina que sou? Olhe bem meu sobrenome!
O que vale um sobrenome desses?
Vá te foder!

Galeano

Fio a fio

Marília, minha deusa,

Antes que outro venha te contar, antes que outro te escreva, antes que chegue um *e-mail* primeiro do que o meu, aqui está a verdadeira versão dos fatos.

Ela me disse: obrigado.

Pareceu-me sorrir ironicamente.

Olhava minha sobrancelha. Todos sabem meu problema.

Joguei-a no chão. Achei agradável montá-la e matá-la.

Primeiro, arranquei fio a fio de sua sobrancelha.

Não sei onde a família a sepultou, nem sei se teve sepultamento religioso, tive de fugir, há pessoas que não podem ver alguém matar.

Teve gente que pronunciou sombrancelha. Foram três. Como caipiras. Desses que compram casas em Miami.

Podem ser encontrados nas tumbas 1F, 7K e 19T. Estão longe uns dos outros, para não despertar suspeitas.

Beijo cada ponto do teu corpo perfumado

Do Salles Jr.

O lambedor de selos

Elizabeth,

Realmente desapareci. Devo explicações por você ter sido a pessoa que sempre procurou estar ao meu lado em todas as situações. Dei um tempo que, aliás, foi excessivo, depois de tudo o que aconteceu entre Maria Helena e eu. Aliás Maria Elena, porque ela fazia questão de eliminar o H e não suportava quando diziam Marilena, ficava uma fúria. De que adiantava continuar nessa cidade?

Estou agora muito bem, sozinho, consigo me suportar, vivo minha vida em uma pequena casa que ergui ao longo de três anos, cômodo a cômodo. Não preciso mais do que isso. Você perguntou de minha vida e estou com um trabalho fascinante, em uma pequena emissora de televisão regional, ligada à tv a cabo. Tem boa audiência e talvez você a sintonize, está ligada a TRGS, rede que reúne cinqüenta emissoras pequenas, cada uma bem entrosada em sua comunidade. E ouça (ou leia) o que se passou ainda a semana passada. Não é um bom emprego?

Estava há duas semanas no departamento que seleciona talentos diversificados e adorando, já que sempre fui curioso, a pessoa mais curiosa do mundo. Quando Ciro G, um candidato, entrou com a ficha verde na mão, percebi que o departamento de triagem o considerava digno de ser avaliado.

— Você! O que faz?

— Lambo selos.

— Lambe selos? É profissão ou gozação?

— Profissão. Como as outras.

— Que outras?

— Bancário, jornalista, faxineiro, pasteleiro, catador de sucata, especialista em *software*, comerciário, *designer*, empresário. Ou como a do sujeito que está esperando na sala ao lado. Completamente diferente da minha.

— O que ele faz?

— Testa sapatos novos.

— O que vem a ser isso?

— Ele espera o sapato ficar pronto, coloca nos pés e anda quilômetros sobre um tapete, para amaciar.

— E o que é lamber selo? Nunca ouvi falar nisso.

Ciro G estava acostumado, tinha percorrido o Brasil exercendo a profissão, as pessoas implicavam ou eram céticas, irônicas.

— Lamber selos quer dizer apanhar o selo, passar a língua, molhando o verso do selo para colar onde necessário.

Brinquei:

— Molhar o verso do selo? Quer dizer que os selos são poetas?

— O verso do selo significa as costas. Aquele lado que tem cola e não tem figura.

— Para que lamber selos? No correio não tem aquele rolinho molhado para isso?

— Em muitos lugares não! Em outros, a cola seca, acaba, não é trocada. Sabe que sou o recordista mundial de lamber selos?

— Recordista! Deu no Guinness?

— Já lambi 49.757 selos em minha vida. Milhares de reais que passaram pela minha boca.

Fiquei espantado. Selecionando gente para o programa Você e Sua Fantástica Profissão, já vi de tudo. Homens que, a serviço da indústria farmacêutica, vivem de contar cabelos de pessoas que usam medicamentos contra a calvície ou destinados a fazer crescer cabelo. Mulheres que fazem testes de resistência de bronzeadores, permanecendo horas e horas na praia para saber quanto tempo o produto funciona e que tipo de contra-indicações provoca. Atletas que usam sua força para verificar a durabilidade de cordas, jogando cabo de guerra por dias e dias. Pessoas que não cortam nunca as unhas, para saber a velocidade com que crescem. Outros que ficam ligados nos cronômetros, contando a passagem do ponteiro, para verificar se realmente dão sessenta voltas em um minuto. Há quem circule pelas estradas, contando o número de voltas que as rodas dos caminhões ou dos ônibus dão entre São Paulo e Rio de Janeiro, ou entre Porto Alegre e Manaus. Agora, lamber selos era uma novidade para mim.

— O que é preciso para ser um bom lambedor de selos?

— Primeiro, boa saúde, ter salivação abundante e de boa qualidade. Não podemos ter gripes, resfriados, nada. Segundo, possuir uma língua forte, áspera. Já pensei, muitas vezes, em inventar uma luvinha para a língua, como aquelas que os goleiros usam para proteger as mãos, mas ainda não acertei nos experimentos. Terceiro, ter uma língua comprida, para poder, se necessário, lamber dois ou três selos de uma vez. Conheci um sujeito em Santa Maria da Boca do Monte, no Rio Grande do Sul, que lambe cinco selos de uma vez. Ganha muito bem. Comprei um pequeno livro que ensina exercícios para alongar a língua, são muito interessantes.

— É uma profissão tranqüila?

— Demais, a não ser na época do Natal ou nos dias das mães e dos namorados. Este é o melhor dia. Aparece cada mulher bonita com o selo estendido, para que a gente lamba que faz gosto. Elas ficam agradecidas. Uma vez, dei com uma jovem que tinha cem cartões, um para cada namorado. Acabou me namorando, gostava muito de beijo de língua.

— O gosto da cola não fica na boca?

— Fica, e essa é a reclamação de minha mulher. Nossa associação está fazendo uma representação junto às fábricas para que pesquisem colas sem gosto, ou com gostos agradáveis, como de morango, abacaxi, hortelã. Uma coisa importante é a água. Devemos tomar muita água. E não pode ser da torneira. Tem de ser mineral. O problema é que as empresas não fornecem aos lambedores o material de trabalho, nós que devemos comprar a água. Acaba saindo caro. Uma das reivindicações do sindicato…

— Tem sindicato?

— O sindicato quer incluir uma cláusula nos contratos de trabalho: o empregador será obrigado a fornecer a água. Mesmo porque a boca seca dá uma sede enorme.

— E você quer se apresentar no programa, por que?

— Para ganhar o prêmio maior. E poder abandonar a profissão.

— Não gosta dela? Tão pouco esforço.

— Tenho medo. Um colega, depois de 30 anos, gastou a língua. O problema é com a minha mulher. O prêmio maior ia resolver.

— O que houve com sua mulher?

— Dia desses, tinha tanta cola, e da ruim, que minha boca grudou na boca de minha mulher. Tivemos de ir ao hospital para descolar. Foi muita gozação. Agora, chega. Desisto. Além de tudo, há uma ameaça na profissão e quero sair fora logo. Estão inventando selos adesivos. Que não precisam ser lambidos. Nossa profissão vai ser extinta. Uma pena, uma pena!

Eu o incluí na apresentação do próximo sábado. Ele prometeu lamber mil selos em tempo recorde.

Sintonize a sua televisão, querida Elizabeth, e depois me escreva. Não queira ligar, não tenho telefone nem celular.

Com o carinho do

Carlos Claro

Todos têm o direito

Presada Clara
Si eu subece
escrevê te
escrevia.
Como num sei,
num ti escrevo.
Mais gosta
di ti

Firmino

(Encontrado amassado numa lixeira)

O homem que precisava de um sonho

Estimado Arthur,

Você que é um incansável estudante da condição urbana tem aqui uma historinha a mais. Não sei para que ou o que vai fazer com ela, mas é fundamental que eu conte, para tirar de dentro de mim, repartir com alguém. Para que são as cartas se não para isso, dividir as coisas. Uma carta como esta, com envelope e selos, com destinatário e remetente, escrita em papel pautado de bloco verdadeiro, é coisa rara, admita. O bloco é o Farol, com aquela figura antiga na capa. Ainda existe. Será a mesma gráfica? Tantas coisas mudaram... Mas, veja a historinha, me responda, adoro ler seus comentários. Além do mais, aí onde está, o que mais pode fazer além de receber e responder cartas para não se isolar do mundo?

Estava na confeitaria e vi quando ele se aproximou do balcão. Vestia uma calça surrada e a camiseta estava limpa, mas indicava ter sido lavada e não passada. Tinha o rosto arranhado e os braços estavam lanhados.

— Quanto custa um sonho?

— R$ 2,10.

— Caro! E um copo de groselha?

— Groselha?

— Isso. Groselha misturada com água.

— Não vendemos groselha por copo. Só em litro, o xarope.

— Ah! E o recheio do sonho é do quê?

— Doce de leite ou creme de baunilha.

— Pode deixar um sonho por R$ 1,00?

— Não!

— Nem pedindo pelo amor de Deus?

— Nem pelo amor de Deus nem pelo amor dos meus.

— Por quê?

— Tenho de fazer a comanda e colocar o produto e o preço para você pagar no caixa. O patrão confere tudo no final da noite.

— Diz que era sonho de ontem e você deu abatimento.

— Aqui não existem sonhos de ontem.

— Como não?

— A confeitaria é famosa pelos produtos frescos. No fim do dia, recolhem todos os doces, doce estraga fácil, fermenta.

— O que fazem com os doces recolhidos?

— Não sei, vai tudo numa caixa que o patrão leva. Acho que dá para caridade, distribui à noite para os sem teto.

— Sabe onde distribuem?

— Não, não sei dessas coisas. Qual é, ô meu? Olha a fila! Vai comprar?

— Só tenho R$ 1,00.

— Pede a alguém para completar!

— Não sou mendigo.

— Qualquer um completa, é pouco!

— O senhor já pediu alguma vez?

— Não!

— Não conhece a humilhação pelo olhar. As pessoas parecem ter nojo.

— O senhor exagera.

— Não. Já pedi. Senti. Dói mais do que a fome. Do que a vontade.

— O senhor é orgulhoso!

— Não, sou gente.

— Para que quer um sonho e um copo de groselha?

— Para minha companheira.

— Onde ela está?

— No hospital. Foi atropelada por um motoqueiro.

— E o senhor? Também foi atropelado?

— Não!

— E esses machucados?

— Apanhei dos motoqueiros. Quando briguei com o motoqueiro que atropelou, pararam cinqüenta motos. Nem quiseram saber, caíram de pau em cima de mim, depois fugiram.

— E sua companheira?

— Está internada e queria comer um sonho, é o que mais gosta. Naquele pronto-socorro do SUS não dão nada, é uma miséria.

O vendedor se afastou, chamado por um mulher de avental impecável.

O homem de rosto lanhado contemplou a vitrine havia bolos de chocolate com cobertura envernizada, tortas mostrando recheios vermelhos, amarelos e brancos, polpudas, sensação de serem macios, desmancharem na boca. A confeitaria era grande e havia mesas nas quais as pessoas tomavam café, comiam sanduíches de pão branco, sem casca, havia pratinhos com minicoxinhas, empadas, croquetes. A mulher de avental branco impecável estava a segui-lo, com olhar desconfiado, mas ele não percebeu. O que fazer para ter o sonho? Se alguém acabasse, levantasse e deixasse alguma coisa intocada em um daqueles pratinhos, ele teria coragem de apanhar, disfarçando.

Deixariam? Um homem de terno preto, camisa preta, gravata preta aproximou-se.

— Vamos lá, companheiro! Não vem pedir aqui.

— Não estou pedindo! Não pedi nada!

— Veio comprar, não comprou. O que queria?

— Um sonho.

— Por que não levou?

— Meu dinheiro não dá!

— Então, quando der, volta.

— Preciso do sonho hoje.

— O sonho pode ficar para amanhã.

— Nem sempre! Sonhos precisam ser realizados na hora.

— Cai fora.

O vendedor que atendera o homem lanhado no balcão se aproximou. Fez um sinal para o segurança se afastar.

— Tenho uma idéia. A casa fecha às oito. O senhor fica por aí, faltam duas horas. Antes das oito, volta, fico de olho nos sonhos, se sobrar algum o senhor leva. Sempre sobra, deixa comigo!

— Valeu! Obrigado.

Saiu, escritórios despejavam secretárias e funcionários, pontos de ônibus se enchiam, passavam *minivans* com os cobradores gritando os destinos, bares se enchiam para a *happy hour*, cervejas abertas, chopes com colarinhos, cheiro de lingüiça calabresa com cebola, os caça-níqueis se viam rodeados por homens barulhentos.

Quarenta minutos depois, ele voltou, restavam seis sonhos na vitrine. Andou mais um pouco, estava inquieto, entrou em um supermercado para se distrair olhando pessoas comprando, observando o que havia nas gôndolas. Às sete e meia os sonhos eram três. "Fique calmo", disse o funcionário que o atendera, "sempre sobra. Estamos começando a fechar, volte em meia-hora".

Ele entrou em uma locadora de filmes, havia tantos que gostaria de assistir, um dia compraria um vídeo para ver *O Pagador de Promessas*. Voltou correndo, com medo da padaria fechar, olhou para a vitrine, restava um sonho, o funcionário que o atendera fez um sinal e mandou-o encaminhar para o balcão. Ao chegar, havia duas senhoras à frente dele. Uma levou dois pãezinhos de leite. A outra apontou o prato e pediu: "Me dê aquele sonho. Todos os dias preciso de um sonho quando a noite começa".

Um sorriso de anúncio

Marília, meu amor,

Ele estava sorrindo.
Como suportar?
Que razão há para o riso, hoje, neste país?
O tiro arrebentou seu maxilar, seus dentes explodiram, sua língua voou para fora da boca, sua boca tornou-se uma gosma sangrenta, seus olhos se arregalaram.

Beijos do

Salles Jr.

O que nos prende dentro das casas

Ilmo. Senhor Cássio Pinheiro, editor do caderno Urbanidades,

Respondo rapidamente à pergunta que me enviou por e-mail.

O meu desconforto em relação à esta cidade é o lixo que se acumula nas esquinas, terrenos baldios, calçadas, sarjetas, jardins, no vão entre os prédios, nas esquinas, no lixo que entope os bueiros, nos depósitos da periferia.

As *free-ways* passam entre eles, protegidas por túneis de plástico.

As usinas crematórias não dão conta, incineram, transformam lixo em gás, em energia. A praga desta década não é a Aids, não é a devastação, não é o terrorismo, não são os fanáticos religiosos, os extremados, nem os buracos de ozônio na atmosfera. A praga, a peste, é esse lixo que se amontoa, está cobrindo prédios, bairros, vai engolir cidades, o país, o mundo, as galáxias, teremos planetas e satélites de lixo girando, girando, girando.

Do desocupado

César Correia

O horror de minha autópsia

Minha mais do que adorada, amada Luisa

O que me deixa apreensivo é a perspectiva de, por qualquer razão, ter de sofrer uma autópsia. Não sei os motivos que levam a lei a exigir uma autópsia. Morte em circunstâncias suspeitas. Sempre que leio essa frase em jornais, me delicio. Agora, a possibilidade me deixa consternado. Ser estendido em uma mesa de mármore — ao menos é mármore nos filmes e romances, mas acho que no Brasil ninguém vai gastar mármore com defunto. Digamos ser estendido em uma mesa de granito, pedra, madeira, fórmica. Branca, não muito limpa, que nada é limpo nesses lugares, com restinhos de sangue, talvez excremento — Deus me livre de tal inglória — ou pedacinhos de vísceras secas. Eu nu. Indefeso, exposto, a pele amarela, cheirando mal sobre o tampo repelente. Situação incomoda, estarei à mercê do legista insensível que vai me cortar com bisturis e serras, sem se incomodar com o que fui, pensei, sonhei.

Jamais passou pela cabeça dele que o corte possa doer em um morto, porque os mortos não podem reclamar, comprovado está que não falam. Certeza de que serei — ele fez milhares de autópsias e as executa com frieza, automaticamente — um objeto qualquer, ele vai me cortar como se estivesse abrindo a boca de um saco de carvão, uma lata de sardinhas, uma lata de comida de gato, jamais como uma latinha de precioso caviar. Não importa que esteja frio ou faça calor, ou que moscas voem ao redor, pousando sobre meu corpo impotente, quem sabe me fazendo cócegas. Nenhuma preocupação com a higiene ou a assepsia. Não poderei mais ser contaminado, não estarei sujeito a infecções. Parece que a morte traz imunidade, o cadáver fica isento de perigos corriqueiros em hospitais.

Pode ser que o legista trabalhe com música, tomara que goste de Brahms, não vou suportar o *rock* vulgar, barulhento, odioso, rotineiro em nossas cidades, em qualquer lugar, em todos os lugares, nos bares, supermercados, restaurantes, salas de espera, elevadores, garagens, lojas, igrejas (bem, não sei, há tanto tempo não entro em uma, apesar dos cinemas todos estarem se transformando em igrejas; são boas essas novas religiões, minha cara?). Não podemos mais fugir do som, ele está à nossa volta, incessante, qual peste negra, grudando-se em nossa pele, invadindo as cabeças.

O legista estará fumando, enquanto corta. É impossível que não o faça, o cheiro da fumaça é um modo de desviar o nauseabundo odor de um cadáver. Não é improvável que tendo as duas mãos ocupadas, o cigarro ou o charuto, ou a cigarrilha, fique o tempo inteiro na boca, sem que ele possa bater as cinzas. Assim, é cem por cento provável que a cinza caia dentro mim, sobre meus pulmões, cubra meu coração rígido, inutilizado. De que adianta um coração que não bate mais'?

Tenho pavor que seja um velho médico pachola, funcionário público em vias de se aposentar, com alguns dentes podres e que, ao trabalhar de boca aberta, babe dentro de mim. Mesmo morto, posso vomitar, não suporto baba viscosa. Ou que, ao tossir, injete perdigotos nos meus pulmões abertos. Logo eu que me cuido tanto! Penso nesse homem serrando minhas costelas, arrancando meu estômago, abrindo, verificando o que comi. Por isso quero ter uma última refeição decente, boa. Devo estudar o que pode ser agradável ao paladar e tenha bom aspecto, quando os ácidos da digestão atuarem. Para que ninguém tenha nojo. Para que me admirem como um *gourmet*, apreciador do melhor.

Vão me extirpar o pâncreas, a vesícula, pedaços do intestino, os rins, examinar o fígado. Será possível, antes de morrer, ir ao banheiro esvaziar meus intestinos? Como evitar que a minha autopsia seja envolvida pelo cheiro pestilento da carne putrefata, fezes envelhecidas, gases e tudo o que está num corpo em decomposição? Recuso-me a morrer, enquanto a ciência não encontrar meios de me proteger desse repugnante pós-final. Não quero participar dessa cerimônia horrenda e sem sentido, caso morra em circunstâncias suspeitas. Vou pesquisar, saber se é possível deixar um documento pedindo: mesmo que as circunstâncias sejam suspeitas, deixem correr. É excitante morrer no mistério insolúvel, participar de um caso não esclarecido. Assim, vou estar sempre lembrado, presente, citado. Nunca morto definitivamente, um mito solidificado. Morrer naturalmente nunca trouxe glória pra ninguém, é passagem rápida para o esquecimento.

Ao pensar na autópsia, fico a supor o que farão com o que retirarem de dentro de mim. Tudo será recolocado, junto com serragem, como ouvir dizer? Ou guardam em vidros, dentro de formol? E se algum dia alguém, por descuido ou sacanagem — porque existe muita corrupção nos hospitais, estão sempre comprando corações, fígados, rins, órgãos para transplante, vendem crianças, há contrabando de córneas — e se alguém apanha aqueles vidros e vende a um desses caminhões que percorrem o Brasil, com exposições pseudo-científicas de anormalidades em parques e pavilhões? Até perdi o fôlego.

Ou após os exames e análises serei colocado em um saco plástico, desses de lixo, e jogado, dado aos cachorros, abandonado em terrenos baldios, vendido aos quilos em circos para alimentar as feras? Outro dia, li que no quintal de uma casa próxima a um hospital foram encontrados dezenas de corações humanos, atirados fora sem mais nem menos.

Se recolocam tudo em meu corpo, não ajustarão cada coisa em seu lugar, devem imaginar que não há necessidade. Farão suturas, me enviarão ao túmulo. As suturas serão bem feitas ou costuras apressadas, com agulhas para se fechar sacos de feijão ou soja? Nada de grandes cuidados com o pobre defunto vilipendiado. Não exijo cirurgias plásticas, mas tenham a bondade de me fechar com atenção, reconstituindo este corpo que me será necessário no Juízo Final. Não posso comparecer estropiado diante do Senhor, com as costuras arrebentando. Imaginem o bom Senhor me olhando e vendo o coração invertido, os intestinos mal enrolados, a pequena vesícula fora de lugar!

Cavaleiro de triste figura, eu, que as pessoas admiram tanto, com tão belo físico, bem cuidado, musculado, massageado, pele tratada com cremes magníficos, perfeito exemplo do metrossexual, eu, logo eu, sendo objeto de escárnio, sarcasmo, galhofa, o próprio Senhor não poupando um riso zombeteiro, como se me censurasse: "não disse sempre que as vaidades humanas eram tolices?" Triste espetáculo no último instante da humanidade, momento que marcará o fim do ciclo do ser humano. Fim.

Se existe o Juízo Final, existe uma data para tudo se encerrar, fazer o balanço, avaliar o que se passou, se valeu a pena. E o Senhor — ou quem quer que seja que iniciou tudo isso e se tornou o âncora do *show* — decidir se continua ou não com suas velhacas experiências. Ou se tenta uma nova, porque esta aqui não está adiantando nada.

Com todo o meu imenso carinho te beijo

....

(Não assino, quero ver se você adivinha o remetente)

Necessidade de pronúncia perfeita

Marília, meu amor,

Ele me disse: obrigado. Não gostei de ter arrastado o R como um carioca, um nordestino, um estrangeiro.
Estrangulei-o.
Daquela garganta não sairá mais nenhum R arrastado.

Beijos do

Salles Jr,

VIDA

Vida, pátria dos resistentes,
Quiséramos perder-te às vezes.

Partir e voltar por infinitos meses
Até que partíssemos somente.

Mas parecíamos fortes
E olhávamos para o chão cá de cima.

Empreendíamos novos encontros,
Multiplicávamos vínculos.

Uma carícia qualquer sempre havia
Por sobre a espessa nuvem do silêncio.

Pelo código do tempo, íamos adiante
Tramando futuros arrependimentos.

De dezembro a dezembro
Desabrochava a nossa rosa invisível,
sedenta.

Sonhávamos que te perdíamos,
Mas éramos fortes ainda.

E por ti combatíamos,
À testa dos exércitos, dia a dia.

Mariana Ianelli

VIE

Vie, patrie des résistants,
On aurait voulu parfois te perdre.

Partir et revenir pour des mois infinis
Jusqu'à ce que nous partions seulement.

Mais nous semblions forts
Et regardions le sol d'ici d'en haut.

Nous entreprenions de nouvelles rencontres,
Nous multiplions les liens.

Une caresse quelconque il y avait toujours
Qui planait sur le nuage épais du silence.

Par le code du temps nous allions de l'avant
En tramant de futurs regrets.

De décembre à décembre
C'était l'éclosion de notre rose invisible et assoiffée.

Nous rêvions que nous te perdions,
Mais nous étions forts encore.

Et pour toi nous combattions,
À la tête des armées, jour après jour.

Mariana Ianelli

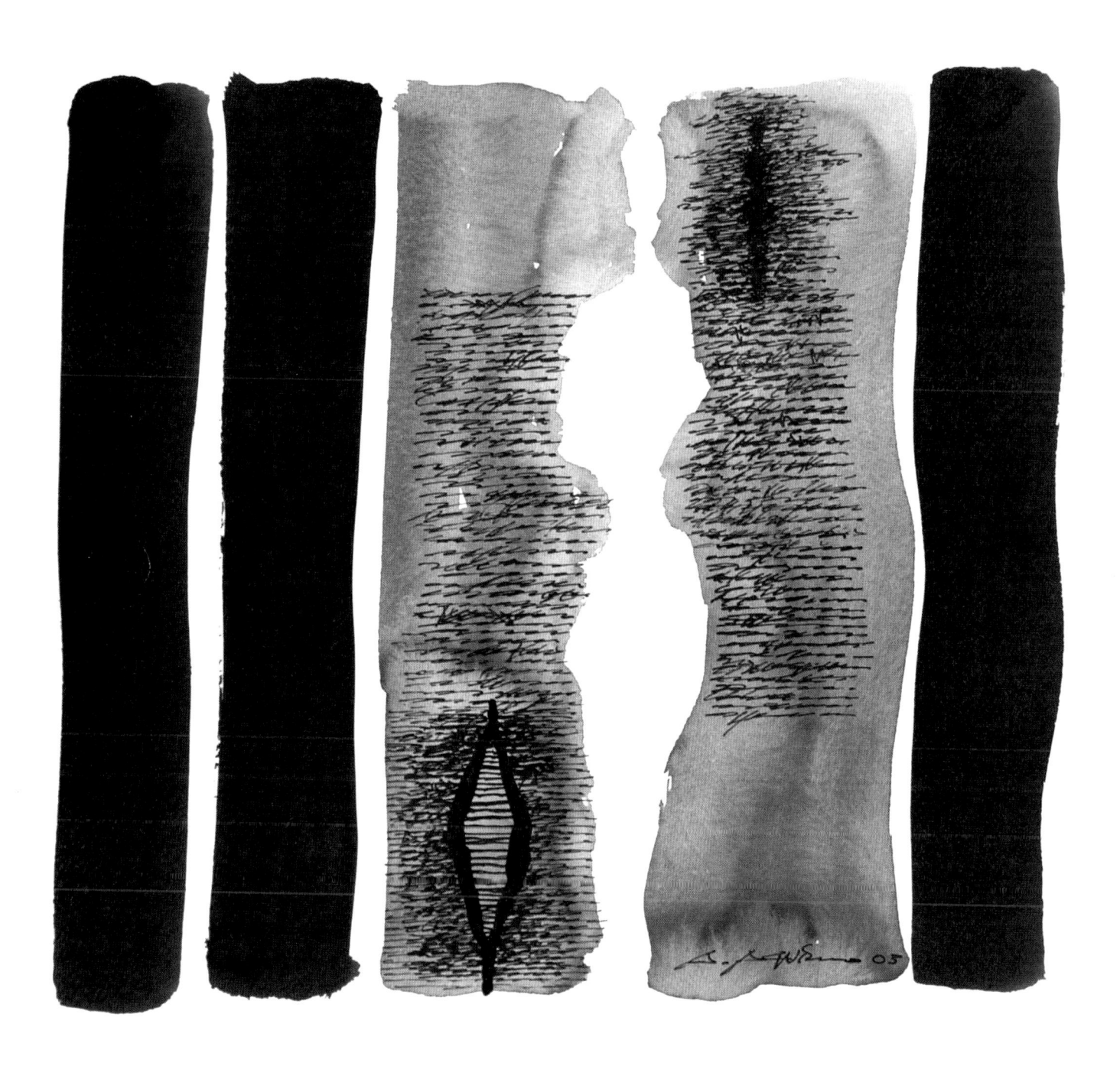

CARTA LACRADA

Falo desses anos que percorro sem enigma
Porque é sob os gestos simples do tempo
Que se espraia o segredo.
Anos que eu lembro
Sem nem poder reparti-los contigo
Porque estamos no intervalo arredio
E para mim já não é lúcida a tua face revisitada.
Agora envio a expressão que faltou ao poema.
Todo tempo com a sua teimosia,
Com a sua viração, ou serenidade.
Será dessa vez a bravura da luta adiada,
Será a paixão murmurando que veio
Porque também o homem tem a sua parte louca.
Eu te consulto em imaginação.
Se não descubro os teus conselhos,
Recorda que eu não entendo signos...
Ou que a tua melhor razão não cobrirá o meu grito.
Eis a minha vida resguardada dos outros
E, porque resguardada, mendiga.
Tenho sim os meus acordes impecáveis,
Mas está com Deus ou com uma igual vibração
A dimensão ao mesmo tempo justa e difusa
Do concerto da vida.
Nós falhamos na conquista da flor,
Esbanjamos o abraço querido,
Pisamos a planta orvalhada.
Somos o ínfimo ou somos tanto,
Não cabemos no projeto venturo
Ou em acontecimentos.
Esse pouco desvario nos põe a correr pelo sangue.
É a força que não declaro,
Uma segunda existência palpitante
Em toda beatitude e nos corpos enfermos,
Porque eu acredito.
Ouve, ouve o estribilho —
Um amor penitente, um amor libertado,
Quando é tão desejável morrer,
Quando morrer é um perigo devassado.

No verso fugidio eu deponho meu passado,
Ali eu o acarinho, eu o adormeço nos braços.
Lembra por quantas vezes
Fracassamos e prosseguimos o nosso pacto,
A nossa marca grave de irmãos, o sangue conjugado,
Quantas foram as noites que tombei de pecado
Por atraiçoar a alegria,
Quantas outras repetiste que a tua resignação era exausta.
Nem há mais o apelo delicado,
Direito de reiniciar lentamente a busca do teu corpo,
Do teu olho particular esverdeando uma tímida sensualidade
Que era o sentido da tua inteligência.
Dessa vez será o desespero cerrado entre os dentes,
A jugular sobressalente, o muque rijo e latente,
Meu sexo intumescido de medo.
Tua palma rente na minha,
Entrávamos com primeiros lavores
No encantamento da vida,
E levávamos nada,
Nenhum juízo, nenhuma cintilação ainda.
Agora é o meu viço preservado,
Essa estreita presença de Deus ou de uma sinfonia parecida,
Que me faz rebentar num tufão
E marcar estas linhas embriagadas e mortas para ti.
Porque eu acredito.

Mariana Ianelli

LETTRE CACHETÉE

Je parle de ces années que je parcours sans énigme
Car c'est sans les gestes simples du temps
Que s'étale le secret.
Années dont je me souviens
Sans pouvoir les partager avec toi
Parce que nous sommes dans cet entracte hostile,
Et que pour moi ton visage vu et revu manque de clarté.
Maintenant je te transmets l'expression
Qui a manqué au poème,
Tout le temps avec ton entêtement,
Tes sautes d'humeur ou ta sérénité.
Cette fois arrivera-t-elle enfin la cruauté de la lutte reportée,
Ou la passion qui est parvenue dans un murmure
Car l'homme aussi a sa part de folie.
Je te consulte par la pensée.
Si je ne découvre pas tes conseils,
Rappelles-toi que je ne comprends pas les signes…
Ou que ton meilleur prétexte n'étouffera pas mes cris
Voici ma vie protégée des autres
Et, parce que protégée, implorante.
J'ai c'est vrai mes comportements impeccables,
Mais c'est avec Dieu ou dans une vibration égale
Que je trouve en même temps la dimension juste et diffuse
D'une vie réconciliée.
Nous avons échoué dans la conquête de la fleur,
Nous avons gaspillé l'embrassade chérie,
Nous avons piétiné la plante couverte de rosée.
Nous sommes l'infiniment petit et nous sommes l'immensité,
Nous ne tenons pas dans notre projet heureux
Ou dans les événements.
Cette petite pointe de folie nous parcourt le sang.
C'est la force que je n'avoue pas,
Une seconde existence palpitante
En toute béatitude et dans nos corps malades,
Parce que j'ai confiance.
Ecoute, écoute le refrain —
Un amour en pénitence, un amour libéré,

Quand la mort est si désirable
Quand la mort est un danger ravageur.
Dans ce vers fugitif je dépose mon passé,
Là-bas je le cajole, je l'endors dans mes bras.
Rappelles-toi combien de fois
Nous avons échoué et poursuivi notre pacte,
Notre marque grave de frères, le sang mêlé,
Combien de nuits je m'effondrai dans le pêché
Pour avoir trahi la joie
Combien de fois tu as répété que ta
Résignation était épuisée.
Mais il y a malgré tout l'appel délicat,
Le droit de reprendre lentement la
Découverte de ton corps,
De ton regard si particulier teintant de vert
Une timide sensualité,
Qui était le sens de ton intelligence
Cette fois ce sera le désespoir, les dents serrées,
La jugulaire saillante, mon biceps
Raide et frémissante,
Mon sexe gonflé de peur
La paume de ta main contre la mienne
Nous entreprenions les premiers travaux d'approche,
Dans l'enchantement de la vie,
Et nous n'emportions rien,
Aucun jugement, aucun éclair encore.
Aujourd'hui c'est ma vigueur préservée,
Cette étroite présence de Dieu ou d'une
Symphonie semblable,
Qui me fait éclater dans une tempête,
Et me fait écrire ces lignes enivrées et mortes pour toi.
Parce je crois.

Mariana Ianelli

LETTRES

Cela ne coûte rien de répéter

Marília, mon amour,

Sais-tu comment les choses se sont passées?
De façon très simple.
Il m'a dit: merci. Avec indifférence.
Je suis certain qu'il ne voulait pas me remercier.
Je demandai: vous voulez bien répéter. J'insistai, avec
délicatesse: Dites-le avec conviction.
Et lui: je l'ai déjà dit. Je ne vais pas répéter.
Jamais plus il ne répétera, rien.

Ton Cher

Salles Junior

Le monde des choses impossibles

Mon cher Gustave.

Je sais que chaque jour tu attends de moi une lettre pleine de nouveautés. Aujourd'hui, je n'ai rien de personnel à dire. Il faut que je te parle de Ana Verona, celle là même que tu adores et qu'il t'est même arrivé de draguer. Il faut que je te raconte ce que j'ai vu aujourd'hui dans la rue. Un homme était occupé à peindre un portail quand Ana passa, s'arrêta, se mit à l'observer. Elle, avec ses quarante cinq ans, un corps sculptural de gymnaste, une robe colorée, avec des couleurs criardes, un chemisier léger, vaporeux, révélant ses formes sans montrer son corps, le suggérant seulement.

— Pourquoi peignez-vous en vert?

— Ordre du propriétaire.

— Le propriétaire ne sait pas que c'est une couleur démodée?

— Comment démodée?

— Les portails des maisons, il y a bien des années, oui, bien des années, plus de cinquante ans, étaient verts.

— Je ne sais pas de quoi vous parlez, madame, je n'ai que 26 ans.

— Je veux dire que le vert n'est pas une bonne couleur.

— Cela ne sert à rien de me dire cela à moi. Parlez au propriétaire. Je peins de la couleur qu'on me demande de peindre.

— Mais il y a des couleurs bonnes et des couleurs qui ne sont pas bonnes !

— Qui est-ce qui décide quelles sont les couleurs bonnes et mauvaises ?

— A quoi cela sert de répondre si vous n'allez pas comprendre? Appelez votre patron.

— Allons donc ! Vous n'avez qu'à l'appeler!

— Ça vous fatigue de l'appeler?

— J'ai été embauché pour peindre le portail, pas pour appeler les gens.

— Ce n'est pas la peine d'être grossier!

— Je ne suis pas grossier, je ne peux pas faire une chose si je suis occupé à autre chose.

— Arrêtez une minute, allez appeler votre patron, s'il vous plaît.

— Je ne peux pas vous faire ce plaisir, je suis en train de peindre. Comment faire deux choses en même temps?

— Arrêtez ! Allez y!

— J'arrête et mon patron arrive! Quelle excuse donner? Cet homme est un diable.

— Vous ne pouvez pas avoir de bonne volonté?

— A quoi ça sert d'avoir de la bonne volonté dans ce bas monde? Tout bien pensé, j'en ai beaucoup; rien que le fait de vous écouter.

— Alors pourquoi n'y allez vous pas?

— Parce que je suis en train de peindre.

— Arrêtez un instant.

— Qui est-ce qui peint pendant que je m'arrête. Vous?

— Je peux essayer.

— Vous pouvez essayer ou vous savez?

— Je ne sais pas.

— Alors, vous ne pouvez pas peindre.

— Au moins, arrêtez de peindre en vert.

— Vous savez ce que je vais faire? Vous savez?

Il sortit de derrière la grille du portail, il s'approcha de la femme et commença à la peindre de la tête aux pieds. "Attrape! Attrape le vert que tu n'aimes pas, faut apprendre à l'aimer." Elle ne bougea pas et elle devint toute verte, de la tête aux pieds en pensant: "Comment comprendre ce qui se passe dans ce monde? Mais c'est tellement bon ce monde des choses impossibles."

Voilà les aventures qui sont arrivées à Anna.

Une grosse bise de

Eugenia.

Treize billets fondamentaux

1
Adriano, mon amour
Pourquoi…?
Bises
Lou.

2
Adriano, mon chéri,
Tu ne m'aimes plus
Bises
Lou.

3
Mon chéri,
Tu ne me désires plus
Bises
Lou.

4
Chéri,
Tu ne m'aimes plus
Bises
Lou.

5
Chéri,
Tu ne me supportes plus
Bises
Lou.

6
Chéri,
Tu ne penses plus à moi
Bises
Lou.

7
Chéri,
Tu ne me trahis plus

Que s'est-il passé?
Bises
Lou.

8
Chéri,
Tu n'as plus la nostalgie de ma sueur salée?
Bises
Lou.

9
Chéri,
Tu n'as plus envie de me mettre les menottes au pied de la table de la
cuisine?
Bises
Lou.

10
Chéri,
Veux-tu que je me tue?
Bises
Lou.

11
Chéri,
Sais-tu que j'ai engagé un tueur
Bises
Lou

12
Chéri, je n'ai pas le courage de te tuer
Je préfère me saouler
Renifler de la coke
Sortir en tirant dans tous les coins comme une *serial killer*
Sortir pour baiser avec tout le monde sauf avec toi, mais que tu saches
bien que je baise.
Bises
Lou.

13
Chère Lou,
T'as vu?
Tu ne vas plus baiser avec personne
Bises
Adriano.

La photo au milieu de l'atlas

Chère Tatiana,

En regardant la photo que j'ai trouvée dans l'atlas j'ai compris ce qui est arrivé. Une chose m'a intrigué. Comment est-ce qu'elle est venue dans un atlas des années 30, utilisé par les élèves du lycée, si dans les années 30 tu n'étais pas née et que tes parents n'étaient pas encore mariés. A qui a appartenu cet atlas? Pourquoi était-il sur une étagère? Poussiéreux, des pages arrachées (figures-toi, il manque l'Allemagne, une partie de la Russie.) Il était jeté tout en haut, dans cette partie où l'on jette les livres dont on ne veut plus ou que l'on n'a pas le courage de mettre à la poubelle. Pourquoi est-ce que l'on s'attache aux choses? Quel attachement pourrais-je avoir à un atlas dont je ne connais pas la provenance ni le propriétaire? Avec la photographie, d'une époque où nous nous aimions tant et fumes si heureux et qui apparut au milieu de tout cela, avec les cartes de la Chine? Oui, la Chine, le pays du dernier Empereur, le film que tu as tant apprécié. C'est lors de cet après-midi, qu'entrant dans ce cinéma Marabá, sachant que tu t'y trouvais, que je t'ai surprise en flagrant délit avec lui. Tu as pris peut et tu t'es mise à pleurer. Inutilement, car j'en fus très heureux; j'étais à ta recherche pour te dire que tout était terminé entre nous et quand je t'ai rencontrée j'ai vu que c'était vraiment le cas ; mais j'ai préféré te laisser le sentiment de culpabilité, en pensant que je t'aimais encore, que j'en souffrirais et que je ne m'en remettrais jamais. Tu adorais me voir à tes pieds. Mais je regardai ton visage et je me rendis compte à quel point cette rencontre furtive, dans l'obscurité du cinéma était difficile. C'était une trahison. Mais qu'est-ce qu'une trahison? Tu étais en train de me trahir, mais de mon coté je te trompais depuis très longtemps. Je sortis du cinéma, tu vins après moi, tu m'attrapas par la manche de ma veste (pourquoi portais-je une veste un mardi après-midi, en centre-ville?) Et tu me demandas: "Nous allons parler, excuse-moi, tu vas tout comprendre." Je répondis: "J'ai compris, je viens de comprendre l'amour, les femmes, les hommes, la vie, le monde, la politique, le trou noir de l'atmosphère." Et toi: "Je veux t'expliquer ". Mais expliquer quoi? Je ne voulais pas d'explications. J'ai eu peur qu'en expliquant tu aies pu vouloir rester avec moi, que tu aies voulu te sentir à l'aise, sans remords, sans amertume. C'est une chose que je ne pouvais pas supporter. Je t'ai poussée, tu es tombée sur le fauteuil rouge du hall, un fauteuil anachronique, tout déglingué. Pourquoi étais-tu allée dans ce cinéma qui sentait le moisi? Pour te cacher? Tu ne sauras jamais comment j'ai su que tu étais là et j'espère que tu as passé toutes ces années à ruminer ce chagrin, pleine de remords. Tu ne sauras jamais que j'ai aimé te faire payer, même si j'aurais mérité de châtiment pour t'avoir trahi avant. Depuis longtemps je ne t'aimais plus. Tu ne sauras jamais comment j'ai découvert ton adresse dans ce centre de remise en forme qui en réalité est un asile. Je sais que tu y es; je passe devant tous les jours, je te vois au soleil, avec la même allure hautaine (j'ai employé ce terme le premier jour où nous nous sommes rencontrés et tu as aimé, t'en souviens-tu?). Tu as toujours été une femme décidée, mauvaise parfois, souriante à d'autres moments, toujours avec des hauts et des bas, pleine de surprises, affectueuse aujourd'hui, exagérée demain. Ta manière d'être m'enchantait, me laissait sidéré (C'est le mot que j'avais employé au moment où ton père t'avait confiée à moi au pied de l'autel, à l'heure de notre mariage, et tu avais ri: "chaque mot que tu utilises", avais-je dit. Tu ne trouvas pas cela drôle: ton père t'aurait confiée à moi? Je suis en train d'écrire à la hâte, d'écrire mal, de répéter beaucoup toi, toi, moi qui avait du style lorsque j'écrivais. Il n'y a plus d'encre dans mon stylo bic, je n'ai pas d'argent pour en acheter un autre et le papier c'est un sac à pain. Tu comprends? Mais qui est-ce qui se préoccupe du style, si cet après-midi où je t'ai vue au cinéma m'a marqué, m'a poursuivi, ne quitte pas mes pensées. Tu n'as jamais remarqué, juché sur un banc, au soleil, un homme qui s'agrippe aux grilles du jardin, attendant que tu regardes dans sa direction? Rappelles-toi de qui a tiré la photo qui était dans l'atlas. Sur cette photo tu souris, en humant du Frascati, une bouteille que j'étais sorti acheter en courant, parce qu'il faisait chaud. Et la sueur perlait sur tes tempes, tu avais la peau humide, la robe collait à ton corps. Je pris la photo, tu apparaissais presque nue. Tu as volé cette photo, disant qu'il n'était pas convenable que je la garde, que je pouvais la montrer à mes amis, aux gens de l'école. C'est pendant la récréation que la photo est arrivée entre tes mains, avant la classe de chimie, et je ne l'ai plus jamais vue. Et voilà que maintenant je la retrouve dans cet atlas où figurent des cartes de pays qui n'existent plus. Quand est-ce que cette photo m'a échappé des mains et comment s'est-elle retrouvée dans un atlas de mon étagère? Si je réussissais à comprendre cela, je comprendrais aussi ce qui est arrivé entre nous. A quoi cela sert-il de comprendre? Quand est-ce que le fait de comprendre a rendu le monde meilleur? Je veux que tu saches que personne n'est plus jolie que toi, au milieu de cet asile. Est-ce que tu veux en sortir?

Bises de ton

Amoroso

Que dire?

Cher Petrônio

Je ne sais que dire, je ne sais que dire. Je ne sais que dire, je ne sais que dire, je ne sais que dire, je ne sais que dire, je le répète. Je ne sais que dire, je ne sais que dire, je ne sais que dire, je ne sais que dire, je ne sais que dire, je ne sais que dire, je ne sais que dire, je ne vois pas comment dire, je ne sais que dire, je ne sais que dire, je ne sais que dire, je ne sais que dire. Il faut que je te dise, je ne sais que dire, je ne sais que dire, je ne sais que dire, je ne sais que dire, je ne sais que dire. Je ne sais pas si je dois te dire, je ne sais que dire, je ne sais que dire, je ne sais que dire, je ne sais que dire, je ne sais que dire, je ne sais que dire, je ne sais si je dois dire, je ne sais que dire, je ne sais que dire, je ne sais que dire, je ne sais que dire, je ne sais que dire, je ne sais que dire. Je ne sais pas si il est possible de dire, je ne sais que dire, je ne sais que dire, je pense que je n'ai pas besoin de dire, je ne sais que dire, je ne sais que dire, je ne sais que dire, je ne sais que dire, je ne sais que dire, je ne sais que dire, je ne sais pas si cela vaut la peine de dire, je ne sais que dire, je ne sais que dire, je n'ai pas idée de la façon de dire. Je ne sais que dire, je ne sais que dire, je ne sais que dire, je ne sais que dire, je ne sais que dire, je ne sais que dire, je ne sais pas si je dois dire. Je ne sais que dire, je ne sais que dire, je me demande pourquoi devrais-je te dire ce que j'ai, si j'ai besoin, si cela avance à quelque chose. Je ne sais que dire, je ne sais que dire, je ne sais que dire, je ne sais que dire, je ne sais que dire, je ne sais que dire, je ne sais que dire, je ne sais que dire, je ne sais que dire. Je ne sais que dire, je pense que je n'ai plus rien à te dire, je pense que je ne veux plus rien te dire. Je pense que tu ne comprends pas.

J'ai tout dit, malgré tout.

Bises

d'Alice.

Les mots épuisés

Cher Raphaël Luiz

Notre échange de courriels a été très profitable, car je respecte en toi le philosophe, l'homme qui se consacre au lexique, le penseur attentif préoccupé par la fatigue qui accable le monde contemporain et notre façon de vivre. Tu me demandes : qu'est-ce que cette cathédrale que tu envisages d'édifier au milieu de la campagne dans une région désolée où il n'y aura pas de fidèles, à laquelle peu de gens auront accès, un édifice auquel personne n'entendra rien, non pas pour la gloire de Dieu, mais plutôt pour le nouveau nom des choses.

Peut-être n'ai-je pas été clair, mais la question est bien celle-là, le nouveau nom des choses.

Le monde ne sera transformé que si les anciennes dénominations sont altérées.

Sinon, tout continuera comme avant. L'Humanité s'est habituée, s'est conformée, et se trouve paralysée, utilisant les mêmes dénominations, parce que tout continue à répondre à la même nomenclature depuis des siècles ou des millénaires. La seule révolution consistera à changer les noms. Cette attitude amènera chacun d'entre nous à repenser et à rechercher de nouvelles significations, très souvent mieux appropriées.

Donner un sens moderne à des mots qui existent depuis des temps où l'homme, découvrant l'usage de la parole, a nommé les objets, les personnes, les poissons, les animaux, les arbres, les pierres, les montagnes, les fleuves, le ciel, les nuages, les étoiles, le soleil, la lune, la nuit, les mers, les rochers, les objets domestiques, les villes, les rues, les navires, les automobiles, les bicyclettes, les armes, les ustensiles, les portes, les viaducs, les fenêtres, les clous, les bancs, les puits, les actions de la bourse, les ordinateurs, les satellites, les princesses, les maladies, les amours.

Pour chaque chose qui a surgi, l'homme a inventé un mot pour le désigner, le séparer des autres, de sorte que la clef ne soit pas confondue avec le cendrier ou avec la souris. Ainsi ont été créés des milliers de mots qui nous amènent à des milliers de questions, apparemment prosaïques :

— Qui le premier a défini la porte ? Et pourquoi le nom porte ?

— Pour quelle raison un couvert s'appelle-t-il fourchette et l'autre cuillère?

— Et l'aiguille hypodermique?

— Et la joie.

Et la touche, la corde, la gamelle, le nœud, le chien, la langue, lécher, la tante, la fontaine, la pèche, la vidéo, se noyer, l'apophyse, l'hematocatarse, le nettoyage, l'occipital, le quartz, le sexe, l'épervier, le quadrige, le software, le hautbois, le clitoris, le galop, établir, le fric, la tresse, la liquidation, le cothurne.

Regarde le parallélépipède. Serait-ce une pipède en parallèle? Parallèle, je peux comprendre. Mais pipède ne veut rien dire. Dites à quelqu'un pipède. La personne va vous regarder avec l'air de quelqu'un qui se trouve en présence d'un fou. Ne prononcez jamais des mots étranges devant les autres. A un moment donné quelqu'un regardant le pavé que l'on était en train de placer dans la rue murmura : parallélépipède. Pour quelle raison ? A quoi pensait-il ? Quelle association avait-il fait. D'où avait-il tiré pipède? pipé + de? pi + pède?

Etait-il à ce moment précis dans un processus mental hallucinatoire, murmurant des phrases sans queue ni tête? Combien de mots ont-ils bien pu être créés à partir de raisonnements aléatoires, paradoxaux? Combien de mots n'ont-ils pas été inventés par des fous pour l'usage de gens normaux ? Combien n'ont-ils pas été le produit d'une plaisanterie, d'un jeu, de l'impossibilité momentanée de nommer, d'une moquerie? Combien ne sont-ils pas le résultat de la colère?

Mon dieu. A quel moment a-t-on décidé que l'intersection de deux lignes droites avait le sens de croix? Un homme les bras ouverts acquiert le format d'une croix. Et si au lieu de la croix la personne avait pensé à temporiser? La croix signifierait temporiser. Le Christ aurait été temporisé.

A propos de temporiser vient de tempo-riser. Que diable peut bien signifier riser? Mais d'où est venue la risée comme l'acte de rire, sourire, se réjouir? Ou serait-ce temps-poriser. Poriser n'existe pas non plus dans les dictionnaires. Du moins pas dans ceux que je connais. Et aujourd'hui il y en a 614 et dont je prétends faire don à la cathédrale quand elle sera prête.

A mon retour, de cette baraque de planches que j'ai construite pour suivre les travaux, je vois des plantations de canne à sucre qui s'étendent sur des milliers d'hectares, immense étendue verte, lieu où je me suis réfugié depuis que j'ai abandonné Sao Paulo.

Je ne pouvais plus en supporter plus, et je ne pouvais pas abandonner, comment ne pas rester? Pourquoi y aller? A la campagne, je vois une multiplicité de verts. Le vert. Qui a donné le nom de couleur verte. Pourquoi pas bleu? Qui peut garantir que le bleu est bleu et n'est pas rouge, comme le blanc est blanc. Le blanc pourrait être jaune. Quelle est la justification pour que nous acceptions que les couleurs soient celles-là?

Le premier homme qui s'est retrouvé entre les arbres a donné le nom d'arbre a un tronc avec des branches et des feuilles et qui sait avec des fleurs.

Où a-t-il cherché le terme fleur? Si nous pouvions récupérer le raisonnement des premiers auteurs des définitions. Et s'ils s'étaient trompés ! Si la pierre était la feuille, l'eau le vent, l'animal un oiseau et si ces premiers auteurs des définitions s'étaient divertis en changeant le nom de toutes les choses, pour brouiller le futur, déboussoler l'humanité.

Et si le futur était le passé? Le premier homme qui donna les définitions s'est basé sur quoi? Et si l'un a donné un nom et que l'erreur s'est poursuivie dans le temps? Ce sont là des questions complexes que peut-être, à nous deux, ces prochaines années, abrités dans la cathédrale, nous pourrons résoudre, en engageant plus de gens.

Il y aura un gigantesque chantier devant nous, mais cela n'effraye pas, au contraire cela donnera du plaisir. Nous prenons, tous les deux, plaisir avec les mots, leur mystère, leurs pièges.

Les mots sont tyranniques, ils n'admettent pas de contestations.

Vous pouvez dire ce que vous voulez, invoquer toutes vos connaissances philosophiques, scientifiques, théologiques — puisque vous avez lu Anselme de Canterbery, Descartes, Hegel, Schopenhauer, Farias Brito, Aristotes, Arnauld et Nicole, Bacon, Berkeley, Condillac, Freud, Liebnitz, Marilena Chauí, Merleau Ponty, Nietzsche — et une porte continuera à s'appeler une porte, personne n'en retire le sens, la signification, l'usage. Les mots sont des axiomes, des vérités absurdes ou non? Jamais au cours de ma vie, qui se prolonge plus qu'il n'était prévu, — t'en souviens-tu?

On m'avait donné cinq ans à vivre, et cela fait combien d'années? Lors de toutes mes lectures, j'ai entendu des contestations, des discussions, des débats autour des couleurs, des portes, etc.... Combien existe-t-il d'universités dans le monde? Combien de théoriciens, d'essayistes, de maîtres, de docteurs, de prix Nobel sont sortis de ces centres académiques?

Combien de thèses ont été écrites sur tous les sujets possibles'? Il existe des milliards de textes mais aucun pour contester les noms des couleurs, pour questionner le pourquoi, pour soulever la question des terminologies.

Tout cela révèle l'accommodement où nous nous trouvons, et nous ne faisons rien pour changer la nomenclature d'un simple terme. Je ne réussi pas à ouvrir un dictionnaire sans penser à la faillite des désignations, à l'anachronisme que chaque mot recèle.

Les mots sont usés, détériorés. Je crois qu'eux aussi se sont fatigués d'être ce qu'ils sont, parce que les hommes ne permettent pas les changements, les altérations, les transformations, les substitutions de sens.

Les mots sont fossilisés, comme s'ils s'étaient congelés après avoir été utilisé des millions de fois. Ils attendent la venue de quelqu'un qui veuille bien les rénover, les nettoyer, les reconditionner, les restaurer, les ripoliner, actualiser les significations opaques, abolir la vacuité des répétitions.

Les personnes les plus intéressantes que je connais sont celles qui disent les choses jugées sans queue ni tête par les individus ordinaires. Des choses contradictoires, incohérentes, inexplicables, apparemment inaccessibles. L'homme ordinaire est odieux, il se traîne dans la vie sans relever la tête, pour savoir qu'il est doté de raisonnements et de raison. Des raisonnements qui s'accumulent dans sa tête en utilisant des mots anciens, ce qui explique qu'ils ont perdu de la couleur.

Les personnes qui disent des choses sans queue ni tête n'appartiennent pas à la sphère de la normalité et l'intéressant réside dans cet aspect. Dans la non-normalité. Ce qui ne signifie pas normalité, dans le sens ancien. Tu saisis la nécessité de donner un nouveau nom à tout? Il y a des savoir pour lesquels, dans une conversation, nous sommes obligés de suivre avec attention la ligne suivie par la pensée, en faisant l'effort de comprendre les mots qui semblent signifier la même chose pour les gens normaux, alors que ce n'est pas ainsi.

Maintenant j'ai envie d'écrire cette lettre d'une façon nouvelle, avec des mots redéfinis, mais je cours le risque de ne pas être compris, car la compréhension des choses s'organise encore selon les anciens mécanismes.

Donc, il faut que tu m'aides à trouver la façon de construire ce texte et tous les autres, les miens, les tiens, ceux de l'humanité, de façon à ne pas être compris par les gens normaux, ceux qui réellement nous intéressent, car ce sont eux qui font bouger le monde. Pour ensuite arriver aux gens normaux. Si tu peux m'aider, fais moi signe et viens me rendre visite, ils sont en train de préparer les fondations de la cathédrale.

Fondations, est-ce bien le mot qui convient? Cathédrale? Nous aurons des discussions intarissables dans l'avenir, dans le futur. Futur ou passé? Intarissable est-ce bien le mot? D'où vient-il? In + tarissable? Tu saisis le travail?

Bises de quelqu'un qui admire ton intégrité et ton œuvre, respectée dans le Brésil tout entier.

Erasmus de Aquino

Il y a des gens bien dans ce monde

Chère Marília,

Il m'a dit : Merci.
Je lui ai demandé : Merci de quoi?
Lui : Je vous remercie.
Moi : J'ai fait mon devoir d'être humain.
Lui : Tous ne le font pas.
Moi : Ils ne le font pas parce que dans le monde il n'y a que des salauds.
Lui : Vous n'êtes pas un salaud. Vous êtes une personne bonne.
Moi : Je le suis en effet.
Lui : Il n'y a pas beaucoup des gens bien dans le monde. Je me considère comme quelqu'un de bien, en effet.
Moi : Et bien, vous serez une personne de bien en moins.
Il a compris. Il a tremblé et pleuré.

Bises,

Salles Jr.

Motivation pour une action en justice

Cher Sérgio,

Tu est passé par moi, je te l'ai dit, haut et en toutes lettres:

Grzçismintr.

C'était exactement cela, non? C'est ce dont je me rappelle. Ne me déments pas, je te connais, tu diras que cela ne s'est pas passé comme ça.

N'affirmes pas que je ne l'ai pas dit, je suis sûr que tu m'as entendu, m'as regardé et as souri, tu m'as fait signe de la main et t'en es allé.

Je veux que ce soit clair que n'importe quelle attitude de ta part, à partir d'aujourd'hui, est à tes risques et périls, puisque tu sais très bien pourquoi Grzçismintr a été dit.

Je t'embrasse

Maria Fernanda

P.S. : Pour n'importe quelle disposition contraire, parles-en à mes avocats. Ou aux tiens. Cela servira-t-il à quelque chose? Est-ce que tu as des avocats? J'en doute. J'en doute et je m'en fiche!

Le bus du petit matin

Glorinha, mon amie du fond du cœur,

Je le sais, je m'en suis rendu compte hier
cela est devenu évident et ce petit mot est celui de ma libération...
... je l'ai découvert, au fur et à mesure que le bus avançait au long du périphérique Tietê, et la fatigue me subjuguait, l'amertume montait, je me remplissais de déception, en me demandant qu'est-ce que j'étais en train de faire là... Qu'est-ce que nous sommes tous en train de faire?

... non, je ne suis plus subjugué par l'ambition de réussir dans la vie, au sens que tous attribuaient à ce thème dans les années 70, et qui a pris de l'ampleur dans les années 80, avec la clique de yuppies de l'époque...

...à ce moment là, au petit matin, à quatre heures, tout le monde dormait dans le bus, j'ai regardé les rues désertes, j'ai cessé de comprendre ma présence dans la ville... nous allions très vite parmi des usines, entrepôts, hangars, neufs, en construction, vieux, tombant en morceaux, les vitraux cassés, les toitures tombées, des ruines, des terrains délimités par des pieux, des boîtes à plastiques, à tissus, à pièces détachées pour voitures, à rails, à vêtements, à bétonnières avec leurs tours rouges, et des centaines de camions-bétonnières, poste avant-garde d'une armée prête à attaquer, et elle commencerait à transporter, le matin, du béton pour une bâtisse, et puis pour une autre, une autre, et des dizaines, des centaines d'autres...

... les bâtisses feront de nouveaux appartements, par milliers, des bureaux, par milliers, pour abriter du monde et créer des emplois à faire du fric, tout ce qui était autour de moi se destinait à faire du fric, des bars, maisons, entrepôts, magasins, marchandises entassées, des wagons de marchandises prêts à être conduits, des entreprises de transport, des façades en verre, de l'acier, de petites mosaïques à enjoliver les murs, des briques, du béton apparent, des bâtisses dominées par la grisaille, couvertes de poussière, de limaille de fer, la fumée que je respire, qui étouffe, tout cela pour faire du fric...

... notre but est de faire du fric, produire, réussir, posséder, avoir, accumuler, investir, grandir, évoluer, augmenter le PIB, le POB, le PUB, la putain de bordel de merde...

...le bus qui passe par des enseignes lumineuses, à néon et électroniques, out-doors, affiches, écriteaux, bandes-annonce, la fatigue était visuelle, physique...

... non, ce que je souhaite n'est pas la lutte, ce n'est pas cela que je cherche, le sens de la ville et du monde est là, dans ces pâtés de maisons, chaque brique, chaque clou, tuile, sacs de ciments et de chaux, visse au service du triomphe dans la vie, petites entreprises, grandes industries, petites industries, toitures, murs, portes, fenêtres, vitrines, boulangeries, pharmacies, épiceries, étalages d'ambulants, banques, partout la marque des choses que je nie et qui m'étouffent...

... je n'ai pas été fait pour cela, je ne l'ai pas admis pendant des années et des années, et mon ventre a poussé, a gonflé, mes yeux se sont usés, j'ai mal à mes os, je ne sais même pas pourquoi je raconte ces choses, je ne sais même pas pourquoi je ne suis pas resté dans ce bus-là, pourquoi je me suis éloigné, je suis descendu à la gare routière et suis rentré à la maison, je suis rentré...

... je suis rentré, parce qu'il y a trente ans que j'ouvre cette porte qu'un jour je changerai, il y a trente ans que je mets la clé dans la serrure...

... il y a trente ans que j'enlève mes chaussures dans le salon, puis je vais à la salle de bains, je me lave le visage à l'eau froide, très froide...

... et je me couche en pensant... et je me couche en pensant,

... et je me couche en pensant...

... en pensant que demain je vais tout changer.

Est-ce que tu me crois encore ?

Mes sincères amitiés,

Leon

Devant la porte du cinéma

Chère Amália,

Ce que tu m'as demandé de raconter est quelque chose de très simple. Cela s'est passé avec Emílio, celui-là qui détestait son prénom, mais l'état civil avait refusé de le changer. Tout s'est passé ainsi. Il s'approchait de la placeuse du cinéma.

— Est-elle arrivée?

— Qui?

— Ma petite amie.

— Comment pourrais-je savoir qui c'est?

— C'est vrai, vous ne la connaissez pas. Des centaines de personnes doivent entrer ici.

— Par jour? Des milliers, surtout pour un film comme celui-ci. Je ne sais pas ce qu'ils y ont trouvé.

— Une histoire d'amour. Tout le monde aime ça.

— L'amour ! Comme si quelqu'un croyait à l'amour.

— J'y crois. C'est pour cela que je suis là, à attendre ma petite amie.

— Il y des mois que vous venez tous les jours. Des mois !

Il est resté dans les environs, en regardant du coin de l'oeil l'entrée du cinéma. La première séance a pris fin, et... rien du tout. La deuxième, même chose. Avant que la troisième ne commence — parce que les séances d'enchaînaient les unes après les autres, sans interruption, à chaque fois qu'il y avait un film à succès — il y a eu un changement de placeur. Le type au visage renfrogné, qui se méfiait toujours de lui, est arrivé, celui là qui un jour était allé jusqu'à appeler le videur afin de le mettre dehors. Le placeur fit un geste :

— Vous continuez toujours d'attendre?

— Toujours!

— J'avoue que je n'y comprends rien.

— Parce que vous n'avez jamais aimé.

— Qui vous l'a dit?

— Regardez votre tête ! Une grimace pleine d'amertume, un regard triste et noir. Où est-elle passée, la joie de celui qui aime?

— J'aime bien, moi.

— Aimer bien n'est pas aimer.

— Je trouvais que c'était la même chose.

— Aimer est tout dans la vie.

— Et aimer bien?

— Aimer bien est aimer bien. Aimer c'est aimer. Aimer bien est égal à trente pour cent des sentiments. Aimer est égal à cent pour cent.

— Vous êtes bizarre. Vous dites des choses compliquées.

— Aimer est simple.

— Je me mets à vous regarder, vous venez tous les jours, dans l'attente de cette petite amie qui ne vient jamais.

— Elle viendra.

— Pourquoi vous ne lui passez pas un coup de fil?

— Je n'ai pas son numéro!

— Mais comment ça? C'est votre petite amie et vous n'avez pas son numéro!

— Elle n'est pas encore ma petite amie. Elle le sera un jour.

— Comment?

— Elle sera ma petite amie un jour. Le jour où elle arrivera ici, où elle entrera par cette porte, je saurai que c'est elle.

— Comment ? Comment peut-on le savoir?

— Comme ça! Il suffit de regarder et de sentir. Le cœur s'accélère, on commence à transpirer, l'estomac monte à la bouche, la respiration devient haletante, les jambes flageolent, les ongles tremblent.

— Les ongles tremblent?

— Ceci est le meilleur. C'est si bon de vivre comme ça! Vous sentez que vous disparaissez.

— ... que vous disparaissez?

— Vous vous dissipez. Et quand vous vous rendez compte, vous êtes l'autre. Vous êtes dans celui que vous aimez. Tout entier à l'intérieur de lui, en une seule chose. À partir de ce moment, les deux deviennent un. Ils deviennent une seule personne en tout.

— Je vois, je vois...

À cet instant de la conversation, il s'est éloigné afin de laisser entrer une jeune brunette, aux petits yeux et au rire qui illuminait son visage, puis a commencé à transpirer. Les deux se sont regardés et il s'est aperçu qu'après des mois d'attente, la chose s'était enfin passée. Les battements de son cœur se sont accélérés. L'attente avait pris fin. Ses ongles ont commencé à trembler. Elle a continué à le regarder et a ressenti la même chose. Son estomac est monté à la gorge. Et le placeur a été effrayé quand il a vu qu'au lieu de deux personnes, une seule est entrée dans la salle de projection.

Où était passée l'autre? La personne qui est entrée dans la salle lui a fait un clin d'oeil, malicieusement. "Avez-vous compris?" — lui a-t-il demandé. Le placeur a répondu "oui..."

Bises,

Luiz Ernesto

L'horreur que nous avons des autres

Marília, mon adorée,

Réfléchis bien : que ferais-tu? Si je te connais, tu ferais la même chose que moi, rien de plus, rien de moins. Cette femme-là s'est retournée et m'a remercié:

— Merci d'avoir timbré cette lettre pour moi.

J'ai répondu que tout ce que j'avais fait était lécher le timbre, et qu'elle aurait pu faire de même.

Elle:

— Ça me dégoûte, les timbres, je n'aime pas le goût de cette colle.

Moi :

— Et moi alors, moi, je peux garder ce mauvais goût dans ma bouche? Ces colles sont de très mauvaise qualité, je peux perdre ma langue. Vous m'embrasseriez après que j'ai léché ce timbre?

— Je ne vous embrasserais pas, même si vous n'aviez rien léché du tout. Vous êtes repoussant.

— Pourquoi parlez-vous comme ça?

— Rien que de vous regarder, ça donne envie de vomir.

— Je me lave avec les savons de la marque Lush. J'utilise des déodorants importés. Je me rase avec Noxema. Je me brosse les dents après chaque repas. J'utilise Listerine pour désinfecter ma bouche. J'ai toujours sur moi un spray pour purifier mon haleine. Mon parfum est l'Eau d'Issey.

— J'ai horreur des hommes trop propres.

Je l'ai liquidé aussitôt elle a quitté la poste.

Je n'admets pas les paradoxes. Je préfère les incohérences, les controverses.

Bises,

Salles Jr.

En pensant aux pensées

Chère Rosalina,

T'en souviens-tu? En plein milieu du jardin public, il y a avait une planche de jardin ovale, avec au milieu un poteau. Tous disaient — personne ne savait pourquoi — que si une personne traversait la planche, elle sortirait de l'autre côté comme un zombie, sans parole et sans pensée. Qu'elle sorte sans parole… nous y croyions, mais privée de la pensée? On posait des questions et personne ne savait y répondre. Nos pères promettaient de donner une réponse plus tard, à ce moment là ils étaient occupés, ils fallaient qu'ils fassent ceci, cela, qu'ils aillent voir un truc par-ci, l'autre par-là. Mais pour une fois nous avons surpris nos pères rassemblés chez le barbier, dans la salle d'attente, en se demandant comment serait une personne privée de la pensée. Un jour, mon père est arrivé avec une question qu'on lui avait posée chez le barbier: qu'est-ce que c'est qu'une pensée ? Je n'ai pas pu y répondre. Peux-tu attraper une pensée? Bien sûr que non ! Peux-tu la voir? Non. La ranger? Je pense que oui, parce qu'il y a des choses que je pense aujourd'hui, ensuite, je les oublie, puis j'y pense à nouveau le lendemain ou un mois plus tard. Où sont-elles rangées, les pensées? Les unes sur les autres. Comme les sacs de riz et de maïs dans l'entrepôt? C'est possible, je n'ai jamais regardé, ce n'est pas possible de regarder. Quand j'ai besoin d'une pensée, je tire les autres, j'en enlève une d'en haut, je la situe et j'y pense. Non, a dit mon père, tu sais aussi bien que moi que les pensées n'existent pas si elles ne peuvent pas être vues, entendues et prises. Ce que je sais — je lui ai répondu — c'est que les pensées sont rapides. Comment le sais-tu? Parce que toi aussi, tu entends dire que personne n'est plus rapide que la pensée. Mon père l'a confirmé, mais cela m'a embrouillé la tête: quelle est la vitesse de la pensée? Plus grande que celle d'une automobile, d'un avion, d'un serpentin? Je n'ai pas réussi à y répondre, et j'ai pensé à autre chose: au poids des pensées. Combien pèsent-elles? Comment peser une pensée? J'ai transmis ces questions à mes amis qui, à leur tour, les ont transmises à leurs pères qui, à leur tour, les ont transmises au barbier. Non pères ne savaient plus quoi penser et ainsi, jusqu'à présent, tant d'années écoulées, je ne sais toujours pas si les pensées existent, si elles sont vraies, je ne sais pas non plus ce qu'elles sont, et non plus comment elles naissent et disparaissent. Je n'arrête pas d'y penser.

Bien cordialement,

Camilo

Cássio, grand fils de pute,

Rends-moi service, rends-moi service. Où? Où?
Tu le demandes encore? Qu'est-ce que tu crois?
Qu'est-ce que tu penses que je suis? Regardes bien mon nom
de famille!
Combien vaut un nom de famille comme celui-là?
Va te faire foutre!

Galeano

Poil à poil

Marília, ma déesse,

Avant que quelqu'un d'autre vienne te le raconter, avant que personne d'autre ne t'écrive, avant qu'un autre e.mail que le mien ne te parvienne, voici la vraie version des faits.

Elle m'a dit: merci.

Elle avait l'air de me sourire ironiquement.

Elle regardait mes sourcils. Tous étaient au courant de mon problème.

Je l'ai jetée par terre. J'ai trouvé agréable de monter sur elle et de la tuer.

D'abord, j'ai arraché ses sourcils, poil à poil.

Je ne sais pas où sa famille l'a enterrée, je ne sais même pas si elle a eu un enterrement religieux, il m'a fallu prendre la fuite, il y a des gens qui ne supportent pas voir quelqu'un qui tue.

Il y a eu des gens qui ont prononcé "soucils". Il furent trois.

Comme des péquenots! De ceux qui achètent des maisons à Miami.

Ils peuvent être trouvés aux tombes 1F, 7K et 19T.

Ils sont loin les uns des autres, afin qu'il n'y ait pas des soupçons.

J'embrasse chaque point de ton corps parfumé.

Ton

Salles Jr.

Le lécheur de timbres

Elizabeth,

En effet, j'ai disparu dans la nature. Je te dois des explications, car tu es quelqu'un qui a toujours cherché à être à côté de moi, quelles que soient les situations. Je me suis éloigné, d'ailleurs pour un temps excessivement long, après tout ce qui s'est passé entre Maria Helena et moi.

D'ailleurs, il faut écrire Maria Elena, car elle tenait à éliminer de son prénom le "h", et ne supportait pas quand on disait Marilena, ça la mettait vraiment en colère.

À quoi cela servait-il de rester dans cette ville-là? Maintenant je suis très bien tout seul, comme ça j'arrive à me supporter, je vis ma vie dans une petite maison que j'ai bâtie au bout de trois ans, pièce par pièce. Je n'ai besoin de rien d'autre. Tu voulais des nouvelles de ma vie, j'ai un boulot fascinant, dans une petite télé régionale, câblée. Elle a une bonne audience et tu pourras peut-être l'avoir chez toi, elle est branchée au TRGS, un réseau qui rassemble cinquante petites télés à câble, chacune bien accordée à sa communauté. Et écoute – ou lis – bien ce qui s'est passé la semaine dernière. Ce n'est pas un bon boulot, ça? Il y avait deux semaines que je bossais dans le département qui s'occupe de sélectionner les Talents Diversifiés, j'adorais ça, car j'ai toujours été curieux, le plus grand curieux au monde. Quand Ciro G, un candidat, est entré avec son formulaire vert en mains, j'ai tout de suite vu que le département de triage le considérerait digne d'être évalué.

— Que faites-vous?

— Je lèche des timbres.

— Vous léchez des timbres? Vous foutez-vous de ma gueule?

— C'est mon métier. Un métier comme les autres.

— Quels autres?

— Banquier, journaliste, femme de ménage, pâtissier, ramasseurs de déchets, spécialiste en software, vendeur, designer, homme d'affaires. Où comme le type qui attend dans la salle à côté, et qui fait un truc tout à fait différent de ce que je fais.

— Que fait-il?

— Il teste de nouvelles chaussures.

— Qu'est-ce que c'est que ça?

— Il attend que les chaussures soient prêtes, il les chausse, ensuite il marche des kilomètres et des kilomètres sur un tapis, afin de les rendre souples.

— Et lécher des timbres? C'est quoi, ça? Je n'en ai jamais entendu parler.

Ciro G avait en l'habitude, il avait parcouru le Brésil dans l'exercice de sa profession, et savait que les gens se méfiaient toujours ou se montraient sceptiques ou ironiques à l'égard de son métier.

— Lécher des timbres, cela veut dire : prendre le timbre, passer sur lui la langue, en mouillant le dos du timbre afin de le coller là où c'est nécessaire.

J'ai rigolé:

— Mouiller le dos du timbre? Alors les timbres ont un dos...

— Le dos du timbre ne veut pas dire le dos du timbre. Je vous parle du côté du timbre où il y a de la colle, et pas de dessin.

— Pourquoi lécher des timbres? À la poste il y un petit récipient contenant une mousse humide qui se destine à ça, non?

— Dans plusieurs postes il n'y en a pas ! Dans d'autres, la mousse se dessèche, ne sert plus à rien, mais n'est pas changée. Saviez-vous que je suis le recordman mondial de léchage de timbres?

— Recordman ! Certainement d'après le Guinness.

— J'ai déjà léché 49.757 timbres pendant toute ma vie. Beaucoup de fric est passé par ma bouche.

J'étais étourdi. En sélectionnant des candidats à l'émission Vous et votre Métier Fantastique, j'avais déjà tout vu. Des hommes qui, au service de l'industrie pharmaceutique, passent leur vie à compter les cheveux de personnes qui prennent un médicament contre la calvitie ou une drogue destinée à faire pousser des cheveux. Des femmes qui font des tests de résistance de protecteurs solaires, en restant des heures et des heures sur la plage afin de connaître le temps de vie utile de ces produits, et quelles contre-indications ils peuvent avoir. Des athlètes qui utilisent leur force pour vérifier la solidité de cordes, en jouant au tirer de corde pendant plusieurs jours. Des gens qui ne coupent jamais leurs ongles, afin de connaître la vitesse à laquelle ils poussent. D'autres qui restent branchés sur des chronomètres, en comptant les tours d'une aiguille, afin de vérifier si elle fait vraiment soixante tours par minute. Il y a ceux qui circulent sur les routes, en comptant le nombre de tours que font les roues des camions ou des cars, entre Sao Paulo et Rio de Janeiro, ou bien entre Porto Alegre et Manaus. Mais ça alors, lécher des timbres! C'était pour moi une nouveauté.

— De quoi a-t-on besoin pour être un bon lécheur de timbres?

— Primo, il faut une bonne santé, une salivation abondante et de bonne qualité. Nous ne pouvons pas avoir une grippe, un rhume, rien de tout cela. Deuxio, il faut posséder une langue résistante, à bonne aspérité. J'ai déjà songé, à plusieurs reprises, à inventer un petit gant pour la langue, comme ceux qu'ont les gardiens de but pour protéger leurs mains, mas je n'ai pas encore réussi dans mes expérimentations. Et puis il faut avoir une langue longue pour être capable, si cela est nécessaire, de lécher deux ou trois timbres en une seule fois. J'ai connu un type, à Santa Maria da Boca do Monte, au Rio Grande do Sul, qui lèche cinq timbres en même temps.

Il gagne très bien sa vie. J'ai acheté un petit bouquin qui apprend à faire des exercices pour allonger la langue, ils sont très intéressants.

— Et c'est un métier tranquille?

— Tout à fait, sauf à Noël ou lors de la fête des mères, ou encore pendant la Saint-Valentin. Ce dernier est le meilleur jour. C'est une belle nana après l'autre, toutes à vous tenir un timbre tout prêt à être léché, cela est un plaisir. Elles vous sont reconnaissantes. Une fois j'ai eu une jeune femme qui avait cent cartes postales, chacune pour un petit ami. J'ai fini par devenir aussi son petit ami, elle appréciait énormément les baisers donnés avec la langue.

— Le goût de la colle ne colle-t-il pas à la bouche?

— Oui, et c'est de cela que ma femme se plaint. Notre association s'apprête à entamer des pourparlers avec les usines, en leur demandant de faire des recherches qui aboutissent à une colle sans goût ou bien avec parfums agréables, genre fraise, ananas, menthe. L'eau est un détail important. Nous devons en boire beaucoup. Et pas de l'eau du robinet. Elle doit être minérale. Le problème c'est que les entreprises ne fournissent pas aux lécheurs le matériel pour son métier, alors c'est à nous d'acheter de l'eau. Cela revient cher. L'une des revendications de notre syndicat…

— Et vous en avez un?

— Notre syndicat veut inclure dans nos contrats de travail une clause qui oblige l'employeur à nous fournir de l'eau. Et d'ailleurs, la bouche sèche donne une terrible soif.

— Et pourquoi voulez-vous passer à l'émission?

— Pour gagner le grand prix. Et pouvoir quitter ce métier.

— Vous ne l'aimez pas? Il ne demande pas trop d'efforts.

— J'ai peur. J'ai un collègue qui après avoir exercé pendant trente ans, a vu sa langue usée. Moi, j'ai un problème avec ma femme. Le grand prix réglerait tout ça.

— Que se passe-t-il avec votre femme?

— Un de ces jours, j'avais sur moi tant de colle, et de la mauvaise, que ma bouche s'est collée à celle de ma femme. Nous avons été obligés de nous rendre à l'hôpital pour nous décoller l'un de l'autre. Tout le monde s'est moqué de nous. Ras le bol, ça suffit maintenant. Je laisse tomber. De plus, le métier est menacé, je veux me tirer le plus tôt possible. On crée des timbres auto-collants. On n'a pas besoin de les lécher. Notre métier disparaîtra. Dommage, dommage!

Je l'ai sélectionné pour l'émission du samedi prochain. Il m'a promis de lécher mille timbres en un temps record.

Mets la télé ce jour là, ma chère Elizabeth, puis écris-moi. Inutile d'appeler, je n'ai pas de téléphone fixe, pas de portable non plus.

Avec ma tendresse,

Carlos Claro

Tous ont le droit de

Chaire Clara

Si je savais aicrire je t'aicrivai.
Je ne sais pas alore je n'aicris pas.
Mais je t'ème bien.

Firmino

(petit mot trouvé dans une poubelle)

L'homme qui avait besoin d'un rêve

Arthur, mon cher ami,

Toi, qui es un infatigable observateur de la condition urbaine, tu trouveras ici une petite histoire intéressante de plus. Je ne sais pas à quoi elle servira et ce que tu en feras, mais il est fondamental que je te la raconte, afin de ne pas la garder pour moi, en la partageant avec quelqu'un. À quoi d'autre servent les lettres, si ce n'est pour partager les choses? Une lettre comme celle-ci, avec enveloppe et timbre, avec destinataire et expéditeur, écrite sur papier rayé sur un vrai bloc-notes, est une chose rare, admettons-le. Le bloc-notes est de la marque Le Phare, de ceux-là qui portent un ancien dessin sur la couverture. Ils sont toujours en vente. Seraient-ils faits toujours par le même imprimeur? Il y a tant de choses qui ont changé... Mais écoute donc ma petite histoire, ensuite réponds-moi, j'adore lire tes commentaires. De plus, là où tu es, qu'est-ce que tu pourrais faire d'autre, à part recevoir et répondre à des lettres afin de ne pas t'isoler du monde?

Un jour, j'étais chez un pâtissier, et j'ai vu quand il s'est approché du comptoir. Il portait un pantalon élimé et son t-shirt était propre, mais on se rendait compte qu'il avait été lavé mais pas repassé. Son visage avait été griffé et ses bras étaient écorchés.

— Quel est le prix du beignet à la crème?

— 2 reais et 10 centimes.

— C'est cher ! Et le verre de jus de groseille?

— Le verre de jus de groseille?

— C'est cela. De la groseille mélangée à l'eau.

— Nous ne vendons pas de groseille au verre. Nous n'avons que du sirop de groseille en bouteille.

— Ah bon! Et votre beignet, il est fourré à quoi?

— Avec de la confiture au lait ou alors de la crème à la vanille.

— Pouvez-vous me vendre un beignet pour 1,00 real?

— Mais non!

— Même si je vous en supplie?

— Même pas si vous m'en suppliez au nom de Dieu ou de ceux que j'aime.

— Pourquoi?

— Je dois passer la commande et indiquer le produit et son prix avant que vous ne payiez à la caisse. Le patron regarde tout en fin de journée.

— Vous pouvez lui dire qu'il s'agissait d'un beignet d'hier et que pour cette raison vous m'avez fait un prix.

— Ici il n'y a pas des beignets d'hier.

— Comment ça?

— Notre pâtisserie est célèbre par la fraîcheur de ses produits. À la fin de la journée nous reprenons toutes les pâtisseries, car elles s'abîment facilement, elles fermentent.

— Et vous en faites quoi?

— Je n'en sais rien, tout est mis dans un carton que le patron embarque avec lui. Je pense qu'il les destine à la charité, il les distribue le soir aux SDF.

— Savez-vous où il les distribue?

— Non, je n'en sais rien du tout. Ça suffit, maintenant! Vous ne voyez pas la chaîne derrière vous? Vous l'achetez ou non?

— Je n'ai qu'un real.

— Demandez à quelqu'un la somme qui vous manque.

— Je ne suis pas un mendiant.

— Mais n'importe qui peut vous ajouter cette somme! Ce n'est pas beaucoup!

— Avez-vous déjà quémandé de l'argent?

— Non.

— Vous ne connaissez pas l'humiliation qu'on voit dans le regard des gens. On dirait que ça les dégoûte.

— Vous en rajoutez, là !

— Pas du tout. J'ai déjà fait la manche. Je l'ai ressentie. Cela fait plus mal que la faim. Plus mal que l'envie.

— Vous êtes trop fier !

— Non, c'est humain de ne pas vouloir quémander.

— Pourquoi voulez-vous un beignet à la crème et un verre de jus de groseille?

— Pour ma compagne.

— Où est-elle?

— À l'hôpital. Elle s'est fait écraser par un motard.

— Et vous ? Vous-êtes vous faites écraser aussi?

— Non.

— Et ces blessures?

— Les motards m'ont battu. Quand j'ai commencé à me disputer contre le motard qui l'avait écrasée, cinquante autres se sont arrêtés. Ils n'ont rien voulu savoir, se sont jetés sur moi, ensuite ils se sont barrés.

— Et votre compagne?

— Elle est à l'hôpital et a envie de manger un beignet à la crème, c'est sa pâtisserie préférée. Aux urgences ils ne donnent rien du tout aux patients, c'est la misère chez eux.

Le vendeur s'est éloigné, appelé par une femme qui portait un tablier impeccable. L'homme au visage écorché a contemplé l'étalage, où il y avait des cakes au chocolat à la couverture brillante vernis, des tartes rouges, jaunes, blanches, fourrées, s'exhibant sans vergogne, pulpeuses, elles avaient l'air d'être tendres et fondre dans la bouche. La pâtisserie était grande et il y a avait des tables où les gens prenaient leur café, mangeaient des sandwichs au pain blanc, sans croûte, il y avait de petites assiettes pleines d'amuse-gueules, au poulet, aux légumes, à la viande. La femme au tablier impeccable le suivait avec un regard méfiant, mais il ne s'en est pas rendu compte. Quoi faire pour avoir ce beignet à la crème? Si quelqu'un arrivait à la fin de ses consommations, se levait en laissant quelque chose dans une petite assiette, il aurait le courage d'aller prendre les restes, comme si de rien n'était. Est-ce qu'on lui permettrait de le faire? Un homme au costard noir, chemise noire, cravate noire s'est approché.

— Halte là, mon pote! Il ne faut pas venir quémander ici.

— Mais je ne quémande pas ! Je n'ai rien quémandé!

— Vous êtes venu pour acheter, mais vous n'avez rien acheté du tout. Que vouliez-vous?

— Un beignet à la crème.

— Pourquoi ne l'avez-vous pas pris?

— Je n'avais pas assez d'argent!

— Alors, quand vous en aurez suffisamment vous reviendrez.

— Mais j'ai besoin de ce beignet pour aujourd'hui.

— Votre beignet peut attendre.

— Impossible! Les beignets doivent être consommés le jour même et les rêves ne peuvent pas attendre!

— Dehors!

Le même vendeur s'est approché. Il a fait signe au videur en lui disant de s'éloigner.

— J'ai eu une idée. La pâtisserie ferme à 20 heures. Vous restez dans le coin, c'est dans deux heures. Juste avant la fermeture, vous revenez, je ferai attention aux beignets, si jamais il y en a un qui reste, vous le prenez. Il en reste toujours. Vous pouvez compter sur moi!

— C'est gentil, merci.

Il est parti. À cette heure-là de la journée, les bureaux déversaient dans la rue leurs secrétaires et employés, les arrêts de bus devenaient de plus en plus bondés, des mini-bus, avec leurs contrôleurs qui annonçaient en criant les destinations, passaient les uns après les autres, les cafés se remplissaient pour la happy-hour, avec leurs bouteilles de bières ouvertes, leurs demis au col bien blanc, leur odeur de saucisson à la calabraise avec des oignons frits, leurs machines à sous entourés d'hommes criards.

Il est revenu quarante minutes plus tard, six beignets restaient sur l'étalage. Il a encore fait les cent pas. Il était inquiet et est entré dans un supermarché pour se distraire un peu en regardant les gens qui achetaient, en examinant les marchandises sur les gondoles.

À 19h30 il y avait trois beignets à la crème. "Gardez votre calme", a dit l'employé que le connaissait, "il en reste toujours, nous fermerons bientôt, revenez dans une demi-heure".

Il est entré dans un commerce de location de films, il y en avait tellement qu'il aimerait voir, un jour il achèterait un appareil vidéo pour voir *O Pagador de Promessas*. Il est revenu en courant, en craignant que la pâtisserie soit déjà fermée, il a regardé l'étalage, il restait un beignet.

L'employé son complice a fait signe pour qu'il approche du comptoir. Quand il y est arrivé, il y avait deux dames devant lui. L'une d'elle a pris de petits pains au lait. L'autre a pointé sur l'assiette devant elle et a dit: "Donnez-moi ce beignet. Tous les jours, quand la nuit commence, j'ai besoin d'un beignet qui me fait rêver".

Un sourire de pub

Marília, mon amour,

Il souriait.
Comment le supporter?
Quelle raison y-a-t-il, aujourd'hui, dans ce pays, pour rire?
La balle a éclaté son maxillaire, ses dents ont explosé, sa langue s'est envolée de sa bouche, sa bouche est devenue une bave sanguinolente, ses yeux se sont écarquillés.

Baisers,

Salles Jr.

Ce qui nous enferme à l'intérieur des maisons

Monsieur Cássio Pinheiro, Éditeur du cahier "Urbanités",

Je réponds rapidement à la question que vous m'avez posée par e.mail.

Le manque de confort que j'éprouve à l'égard de cette ville est dû aux ordures qui s'accumulent dans les coins des rues, dans les terrains vagues, les trottoirs, les voiries, les jardins, dans l'espace entre les immeubles, les ordures qui bouchent les regards d'égout, qui s'entassent dans les entrepôts de la périphérie.

Les free ways se frayent un chemin parmi ces tas d'ordures, protégées par des tunnels en plastique.

Les incinérateurs n'arrivent pas au bout de leur tâche, ils incinèrent, ils transforment les ordures en gaz, en énergie. Le fléau de la décennie n'est pas le SIDA, n'est pas la dévastation, n'est pas le terrorisme, n'est pas le fanatisme religieux, les extrémismes, pas plus que les trous d'ozone dans l'atmosphère. Le fléau, la peste, ce sont ces ordures qui s'entassent, qui couvrent les immeubles, les quartiers, ces ordures vont avaler des villes, avaler le pays, le monde, les galaxies, nous aurons des planètes et des satellites d'ordures tournant, tournant, tournant... sans fin.

De la part de l'oisif,

César Correia

L'horreur de mon autopsie

Ma plus qu'adorée, mon aimée Luísa,

Ce qui me donne des soucis est la perspective d'un jour être amené, pour une raison ou une autre, à subir une autopsie. Je ne sais pas quelles sont les raisons qui déterminent que la loi puisse exiger une autopsie. Une mort dans des circonstances suspectes, par exemple. À chaque fois que je lis cette phrase dans les journaux, je me régale. Une telle possibilité me concernant, par contre, me frappe de consternation. Être allongé sur une table en marbre — du moins elle est en marbre dans les films et les romans, mais je crois qu'au Brésil, personne ne dépensera de l'argent avec un macchabée. Allons donc: être allongé sur une table en granit, en pierre, en bois, en formica. Une table blanche, mais pas très propre, car rien n'est propre dans des endroits pareils, où il y a de petits restes de sang, qui sait d'excréments — Dieu me garde d'une éventualité si peu glorieuse — ou peut-être de petits morceaux de viscères dessechés. Moi, tout nu. Sans défense, exposé, la peau jaunie, sentant mauvais sur ce plateau repoussant. Une situation inconfortable, j'y serai à la merci du médecin légiste insensible qui me coupera avec des bistouris et de petites scies, sans se gêner avec ce que j'ai été, ce que j'ai pensé ou rêvé.

Cela ne lui est jamais passé par la tête qu'une entaille puisse faire mal à un mort, car les morts ne peuvent pas protester, puisqu'il est avéré qu'ils ne parlent pas. Il est certain que je serai pour lui – il a déjà fait des milliers d'autopsies et les exécute avec froideur, automatiquement – un objet quelconque, il va me couper comme s'il était en train d'ouvrir un sac à charbon, une boîte à sardines, une boîte de repas pour chats, jamais comme une petite boîte d'un précieux caviar. Peu lui importera qu'il fasse froid ou chaud ou qu'il y ait des mouches volant tout autour, s'arrêtant sur mon corps impuissant, qui sait même me chatouillant. Aucune préoccupation avec l'hygiène ou l'asseptie. Je ne pourrai plus être contaminé, je ne serai plus en proie aux infections. Il semblerait que la mort vous apporte l'immunité, le cadavre est affranchi des dangers banaux des hôpitaux.

Il possible que le médecin légiste travaille en écoutant de la musique, pourvu qu'il aime Brahms, je ne supporterai pas le rock vulgaire, bruyant, détestable, routinier dans nos villes, à n'importe quel endroit, partout, dans les bars, supermarchés, restaurants, salles d'attente, ascenseurs, parkings, magasins, églises (bien que je n'en sois pas sûr, il y a longtemps que je ne mets pas les pieds dans une église, même s'il est vrai que tous les cinémas se sont transformés en églises. Elles sont bien ces nouvelles religions, n'est-ce pas, ma chère?). Nous ne pouvons plus fuir le son, il nous entoure de partout, de façon incessante, tel une peste noire, qui s'accroche à notre peau, qui envahit nos têtes.

Le médecin légiste fumera, pendant qu'il coupe. Il est impossible qu'il ne le fasse pas, l'odeur de la fumée est un moyen de détourner l'odeur nauséabonde d'un cadavre. Il n'est pas improbable que, ayant ses deux mains occupées, avec la cigarette ou le cigare ou encore un cigarillo, il reste tout le temps la bouche ouverte, sans pouvoir jeter les cendres. Il est donc cent pour cent probable que les cendres tombent à l'intérieur de mon corps, sur mes poumons, qu'elles couvrent mon cœur rigide, inutilisé. À quoi ça sert, un cœur qui ne bat plus?

J'éprouve de l'effroi rien que d'imaginer qu'il pourrait s'agir d'un vieux médecin cossard, fonctionnaire public presque à la retraite, avec quelques dents pourries qui, en travaillant avec la bouche ouverte, baverait à l'intérieur de mon corps. Même mort, je pourrai vomir, je ne supporte pas la bave visqueuse. Ou alors qu'en toussant, il lâche des postillons sur mes poumons ouverts. Juste moi, qui me soigne tant! Je pense à cet homme en train de scier mes côtes, d'arracher mon estomac, en l'ouvrant et en vérifiant ce que j'ai mangé. C'est pour cela que je veux que mon dernier repas soit décent, bon. Je dois réfléchir afin de savoir ce qui peut être plus agréable au palais et, en même temps, puisse garder un bon aspect en contact avec les acides responsables de la digestion. Afin que personne ne soit dégoûté! Afin que l'on m'admire comme un gourmet, amoureux de la bonne chaire.

L'on m'extirpera le pancréas, la vésicule, des morceaux des intestins, les reins, l'on m'examinera le foie. Sera-t-il possible d'aller aux toilettes avant de mourir, afin de me vider les intestins? Comment éviter que mon autopsie baigne dans l'odeur pestilentielle de la chair en putréfaction, des selles vieillies, des gazes et de tout ce qu'il y a dans un corps en décomposition? Je refuse de mourir, jusqu'à ce que la science trouve les moyens de me protéger de ce post-final répugnant. Je ne veux pas participer à cette cérémonie atroce et insensée, au cas où je mourrais dans des circonstances suspectes. Je vais faire des recherches, essayer de savoir s'il est possible de laisser un document qui le précise: même dans le cas de circonstances suspectes, ne faites rien du tout. Il est excitant de mourir dans le mystère le plus insondable, de participer à un cas non élucidé. On se souviendra ainsi de moi pour toujours, je serai toujours présent et partout cité. Je ne serai jamais définitivement mort, je serai comme un mythe devenu réalité. La mort naturelle n'a jamais apporté la gloire à personne, elle est un passage rapide vers l'oubli.

Quand je pense à mon autopsie, j'imagine ce que l'on fera avec tout ce que l'on enlèvera de mon corps. Est-ce que tout sera replacé dedans, avec un peu de bois de sciure, d'après ce que j'ai entendu dire? Ou alors conserve-t-on ces morceaux dans des bocaux remplis de formol? Et si quelqu'un, un jour, par inadvertance ou crapulerie — car il y a plein de corruption dans les hôpitaux, ils y achètent tout le temps des cœurs, des foies, des reins, bref des organes pour les greffes, ils y vendent des enfants, il y a de la contrebande de cornées — et donc si quelqu'un s'empare de ces bocaux et les vend à un de ces camions qui parcourent le Brésil, en faisant des expositions pseudo-scientifiques des anomalies humaines, dans des parcs et des foires? J'en ai le vertige rien que d'y penser!

Ou bien après tous les examens et analyses, serai-je peut-être mis dans un sac en plastique, un sac-poubelle, et jeté, offert aux chiens, abandonné dans des terrains vagues, vendu au kilo dans des cirques comme bouffe pour les fauves? L'autre jour, j'ai lu que dans le jardin d'une maison proche d'un hôpital l'on a trouvé des dizaines de cœurs humains, jetés là, sans autre forme de procès.

Si par contre ils remettent dedans tout ce qu'il ont enlevé, ils ne remettront pas comme il faut chaque chose à sa place, je suppose qu'ils s'imaginent que cela n'est pas nécessaire. Ils feront les sutures et m'enverront à la tombe. Les sutures seront-elles bien faites, où ne feront-ils que de la couture hâtive, avec des aiguilles à coudre des sacs de haricots ou de soja? Un pauvre macchabée vilipendé ne mérite pas de grands soins. Je n'exige pas de la chirurgie plastique, mais que l'on ait au moins la bienveillance de me refermer avec soin, en reconstituant ce corps dont j'aurai besoin le jour du Jugement Final. Je ne peux pas me présenter estropié devant le Seigneur, avec des sutures qui ne tiennent pas. Imaginez notre bon Seigneur à me regarder et à voir mon cœur inversé, mes intestins mal enroulés, la petite vésicule en dehors de sa place! Moi, le Chevalier à la triste figure, moi que les gens admirent tant, avec un si beau physique, bien soigné, musclé, traité au massage, la peau soignée avec des magnifiques crèmes, un parfait exemple du métrossexuel, moi, juste moi, devenu l'objet de raillerie, sarcasme, goguenardise, même le Seigneur ne m'épargnerait pas son rire moqueur, comme s'il me réprimandait: "N'ai-je pas dit que les vanités humaines ne sont que des sottises?" Un triste spectacle au dernier instant de l'humanité, le moment qui marquera la fin du cycle de l'être humain. Fin. S'il est vrai qu'il y aura un Jugement Final, alors il y a une date pour que tout prenne fin, pour que l'on fasse le bilan d'une vie, en évaluant ce qui s'est passé, en se demandant si cela a valu le coup. Et aussi pour que le Seigneur — ou quelle que soit la personne qui a commencé tout ça et est devenu la star du spectacle — décide enfin s'il faut continuer ou non, avec ses fourbes expériences. Ou bien qu'il en essaie d'autres, de nouvelles, car celles-ci ne servent jusqu'à présent à rien.

Du fond du cœur, je t'embrasse

(Je ne signe pas, je veux voir si tu devines l'expéditeur)

Besoin de prononciation parfaite

Marília, mon amour,

Il m'a dit: merrrci. Je n'ai pas aimé qu'il traîne autant dans la prononciation du R, comme un carioca, un nordestin, un étranger.
Je l'ai étranglé.
De cette gorge ne sortiront plus jamais des R traînants.

Baisers,

Salles Jr.

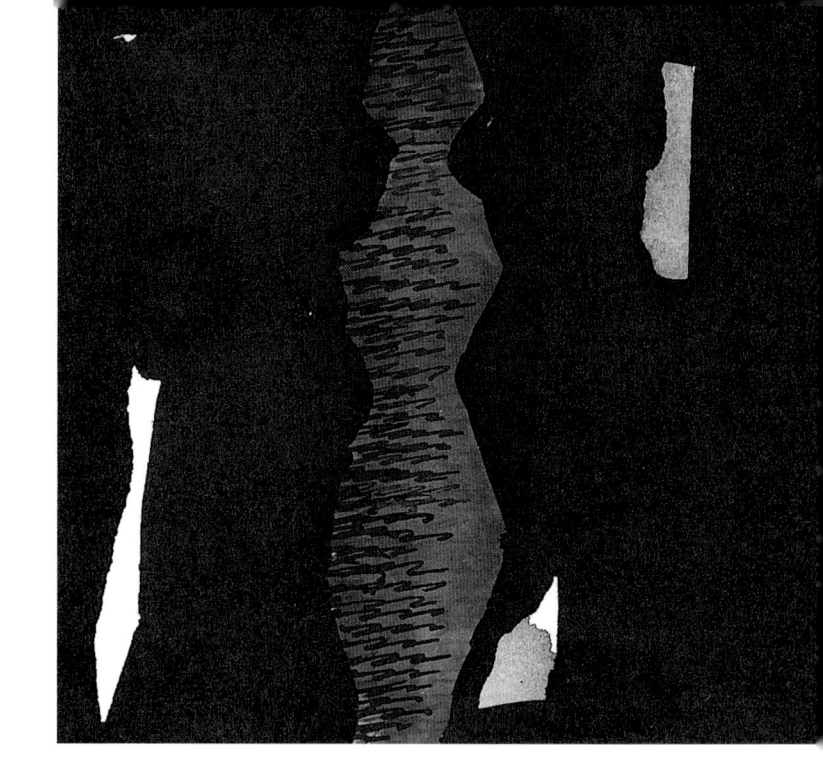

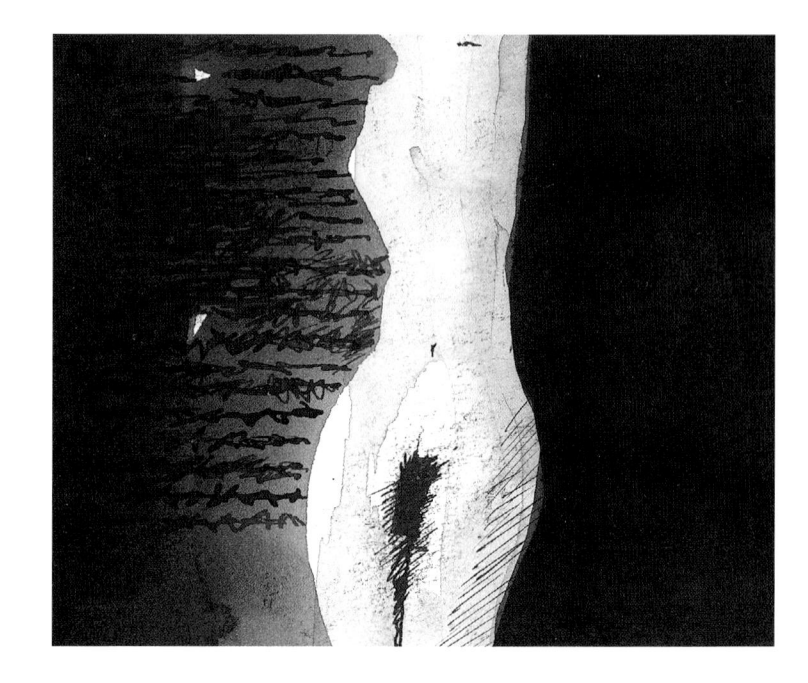

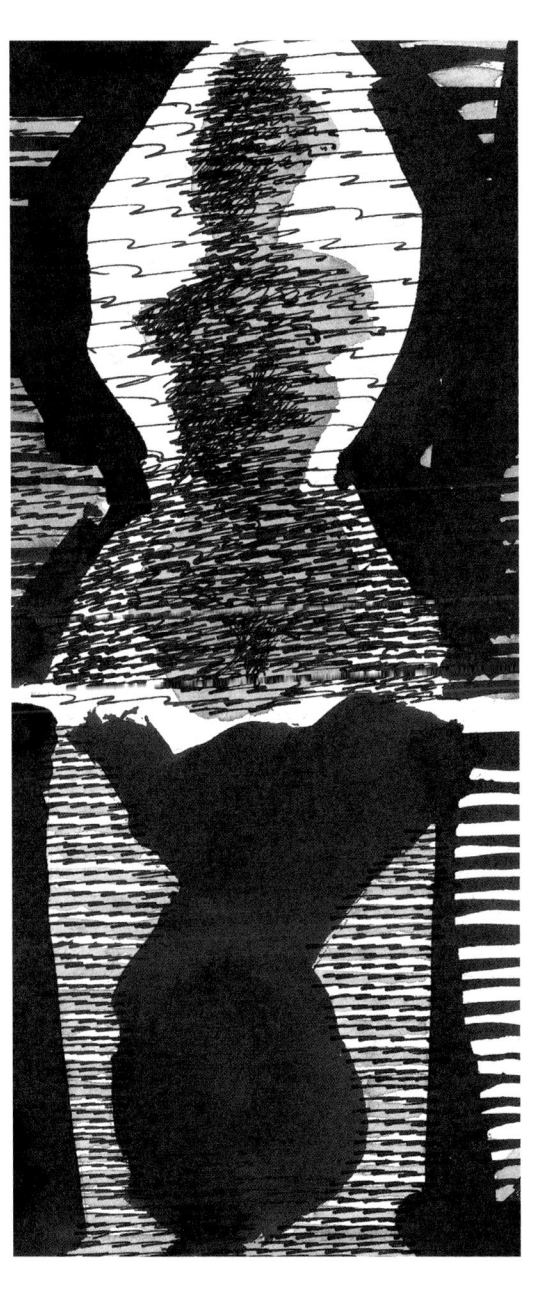

Alfredo Aquino é artista plástico, gaúcho de Porto Alegre, nascido em 1953. Dedica-se profissionalmente ao desenho desde o início dos anos 70 e à pintura a partir de 1978. Realizou várias mostras individuais, a maior parte delas em museus e centros culturais, no Brasil e no Exterior, com especial atenção a algumas delas realizadas em território francês. Possui obras em acervos importantes como o MASP (Museu de Arte de São Paulo) e o MARGS (Museu de Arte do Rio Grande do Sul), além de coleções particulares no Brasil e na França.

O artista dedica-se também a editar livros de arte de outros artistas contemporâneos e exerce atividades como curador de mostras de arte contemporânea, escrevendo regularmente sobre as questões vinculadas a sua área de criação e pensamento.

Na mostra Cartas (pinturas e desenhos), MARGS 2004, motivação inicial dos desenhos deste livro, o artista trata de uma questão crucial para a Arte, que é a da comunicação e interação com seus observadores, razão do fazer artístico, na sua opinião.

Alfredo Aquino est plasticien. Il est né à Porto Alegre en 1953. Depuis le début des années 1970, il se consacre au dessin et depuis 1978 à la peinture.

Ses travaux ont fait l'objet de nombreuses expositions individuelles dans plusiers musées et centres culturels au Brésil et à l'étranger, notamment en France.

Ses travaux figurent dans les collections d'importants musées comme le MASP (Musée d'Art de Sao Paulo) et le MARGS (Musée d'Art du Rio Grande do Sul), ainsi que dans des collections privées au Brésil et en France.

Alfredo Aquino est également éditeur de livres d'art d'autres artistes contemporains. Il exerce, par ailleurs, des fonctions de commissaire d'expositions d'art contemporain. Il publie également des articles sur des questions liées à son domaine de création et de pensée.

Dans son exposition Cartas / Lettres (peintures et dessins), MARGS 2004, point de départ et d'inspiration des dessins de cet ouvrage, Aquino aborde une question cruciale pour l'art. Celle de la communication et de l'interaction avec ses observateurs, celle qui, à son avis, est la raison même de l'acte artistique.

ALFREDO AQUINO

IGNÁCIO DE LOYOLA BRANDÃO

Ignácio de Loyola Brandão nasceu em Araraquara em 1936. Viveu na Itália e na Alemanha (Berlim). Escritor e jornalista publicou 26 livros entre romances, contos, viagens e infanto-juvenis. Mais 30 volumes institucionais (memória de empresas e entidades), um novo segmento do mercado editorial. Entre seus títulos mais conhecidos estão Zero, Não verás país nenhum, Cadeiras Proibidas, O Verde violentou o Muro, O Beijo não vem da boca, Dentes ao Sol, Veia Bailarina, O Homem que odiava a segunda-feira e O Anônimo Célebre. Acaba de lançar uma antologia: As Melhores Crônicas de ILB.

Terminou uma peça teatral a ser encenada em 2005: A Última Viagem de Borges, na qual o personagem central é Jorge Luis Borges. Não se trata de biografia, nem de um texto sobre a obra. Os referenciais de Borges são o *leitmotiv*.

Atualmente, Loyola dirige as redações das revistas VOGUE, HOMEM VOGUE e Revista I, do Shopping Iguatemi. Escreve uma crônica todas as sextas-feiras para o jornal O Estado de São Paulo.

Ignácio de Loyola Brandão est né à Araraquara (São Paulo), en 1936. Il a vécu en Italie et en Allemagne à Berlin. Écrivain et journaliste il a publié 26 livres entre romans, nouvelles, récits de voyage, livres pour la jeunesse. Il est aussi l'auteur de 30 ouvrages institutionnels (présentation d'entreprises et institutions privées et publiques), un nouveau segment du marché de l'édition.

Loyola n'est pas encore traduit en français. Ses titres les plus connus sont: "Zero","Não verás país nenhum", "Cadeiras proibidas", "O Verde violentou o muro", "O Beijo não vem da boca", "Dentes ao Sol"," Veia Bailarina", "O Homem que odiava a segunda-feira", "O Anônimo Célebre". Il a publié récemment une anthologie: As Melhores Crônicas da ILB. Il est train de terminer une pièce de théâtre qui sera mise en scène en 2005: "A Última Viagem de Borges", dont le personnage central est Jorge Luis Borges. Il ne s'agit pas d'une biographie ni d'une étude de son œuvre. Les références à Borges en sont le *leitmotiv*.

Actuellement Loyola est directeur de rédaction des revues: VOGUE et HOMEM VOGUE et de la Revue I du Shopping Iguatemi. Tous les vendredi il écrit une chronique dans les pages du journal "O Estado de São Paulo".

Agradecimentos

A Mariana Ianelli, pelos poemas e pelo incentivo à atividade do desenho.

A André Brandão, Itaci e Pierre Yves Refalo pelas fotografias (retratos e reproduções das imagens).

A Paula Ramos e Jean-Yves Mérian, que compartilharam a idéia do livro desde o princípio, examinaram os desenhos, leram as cartas-contos, deram sugestões preciosas e escreveram as apresentações.

A Jean-Yves Mérian e Flávia Nascimento (Université de Rennes 2), que realizaram as versões ao francês, dos contos, poemas e textos.

A Samanta Paleari, pela minuciosa execução técnica da proposta gráfica e sua dedicação ao projeto.

Ao escultor Gonzaga, pela ajuda e orientação.

A Angela Varela que descortinou os caminhos burocráticos, com zelo e precisão. A Marcia Caspary e Clarissa Marchetti da Silva pelo valioso apoio logístico, sem o qual todos os procedimentos não teriam sido cumpridos rigorosamente nas datas previstas e este livro, enfim, não teria sido possível. A Euclides Marques Lopes Filho, pelo empenho nas soluções do projeto de impressão.

A Paulo Amaral que abriu o belo espaço do MARGS para a mostra Cartas e estimulou a concepção desta publicação.

A Ana Luiza Mottin, Julio Mottin e Julio Ricardo Mottin Neto, pela amizade e pelo apoio cultural.

Remerciements

Merci,

A Mariana Ianelli, pour les poèmes et pour encouragé l'artiste à revenir au dessin.

A André Brandão, Itaci et Pierre Yves Refalo, pour les photographies (portraits et reproductions des dessins)

A Paula Ramos et Jean-Yves Mérian, qui approuvèrent d'entrée l'idée du livre, examinèrent les dessins, lirent les "Lettres-Contes", firent de précieuses suggestions et ecrirent les présentations.

A Jean-Yves Mérian et Flavia Nascimento (Université de Rennes 2), pour les versions françaises des contes, poèmes et textes.

A Samanta Paleari, pour la minutieuse éxécution technique du projet graphique, et pour sa dedication.

A Gonzaga, sculptor, pour son aide et ses conseils.

A Angela Varela pour avoir déchiffré les labyrinthes bureaucratiques, avec zêle et précision. A Marcia Caspary et Clarissa Marchetti da Silva pour leur précieuse aide logistique, sans laquelle point de livre.

A Euclides Marques Lopes Filho pour les solutions efficaces du projet d'impression.

A Paulo Amaral pour l'ouverture du bel espace du MARGS à l'exposition "Lettres" et pour son appui à la conception de cet ouvrage.

A Ana Luiza Mottin, Julio Mottin et Julio Ricardo Mottin Neto, pour leur amitié et pour leur appui culturel.

CARTAS

Esta edição foi realizada pela Iluminuras,
com o apoio e o financiamento do FUMPROARTE,
da Prefeitura de Porto Alegre - RS,
em primeira edição, em novembro de 2004.

A segunda edição é de 1.000 exemplares,
realizada também em novembro de 2004,
com o apoio cultural da Panvel.

LETTRES

La première impression de 1.000 exemplaires
de cet ouvrage a été réalisée par les Éditions Iluminuras,
financée par le FUMPROARTE,
fond pour les Arts, de la Municipalité
de Porto Alegre (Rio Grande do Sul),
en novembre de 2004.

La seconde impression de 1.000 exemplaires
de cet ouvrage a également été
réalisée en novembre de 2004,
avec l'appui culturel de la firme PANVEL.

Apoio Cultural

Financiamento

Prefeitura de Porto Alegre

Cartas/Lettres foi composto em família Helvética, em diversas versões de tipos para textos e títulos e Futura Condensada para alguns títulos,

tendo sido impresso em papel couchê fosco Suzano 170 g pela Trindade Indústria Gráfica, para a Editora Iluminuras, com o financiamento do FUMPROARTE,

da Secretaria Municipal de Porto Alegre e da Prefeitura de Porto Alegre, em novembro de 2004